CHINA DE PAPEL

Fabiano Lima

CHINA DE PAPEL

HUMANALetra

para minha mãe

Sofri o grave frio dos medos, adoeci.

Guimarães Rosa, "A terceira margem do rio"

1.

– Aqui, rapazinho, sente-se! – um velhote, um tanto mole, dá a ordem, está nervoso porque sou desajeitado. Obedeço e na cadeira assento a minha bunda miúda e deixo-me fotografar. Não é foto três por quatro – sorria com discrição. Pareço deslumbrado? Assim, tá bom. Não é para a *Time*. Ainda. Você sairá na revista acadêmica. Estampará a capa do mês. Aproveite. Nada excitante acontece na sua vida, não é mesmo? Sim. É verdade. Eis o futuro lhe abrindo as portas agora. Reconheça. Agradeça. – Parabéns! – diz uma colega. Pela foto? – Não, seu bobo, pela bolsa de estudos. Você vai pra China, cara! Não era você aquele garoto que ontem sonhava em cruzar o mundo? Sim. Eu era o garoto e era ontem. Hoje não sou mais o mesmo e as coisas não são mais exatamente como eram. Compreende? – Obrigado – agradeço. Adoro a China – emendo, fingindo emoção, e sorrio. Estou aborrecido e respingo mau humor em quem me aborda, é loteria. As mãos começam a tremer (porque o meu irmão desaparece da cena). Olho por cima. A porta está ali, à direita. Olhe bem. Não se distraia. Não perca o ponto. Observe. É este um pequeno inferno, sim, calorento e lotado, tudo bem, mas tem uma porta de emergência, e gravada nela a certeza de que não morrerei preso aqui. Saiam da frente. Já ganhei o prêmio.

Acontece. É desnecessário o assédio. Não vou girar na órbita da Terra. Não vou estudar em Harvard. Só estou indo à China, adeus. Adeus, que nada. Aparece um professor. Há um bom tempo me reprovou numa disciplina inútil, o rancor guardo até hoje. – Parabéns, garoto. Sempre vi em você um grande potencial. Fito bem os olhos no suor que desce de sua prolongada testa. "Obrigado, filho da puta", quase me ouço dizer. Nada digo, portanto. Sorrio, falsamente. Já é grande coisa. – Uma foto! – grita eufórico o coordenador do curso. Na impossibilidade de evasão, encurralado, estanco os passos, e sinto o deslizar malicioso de um braço peludo e suado apertar as minhas costas. Há muito ele deseja que eu vá à China, no sentido metafórico, é claro. Chegou a hora. Não vou mais lhe atormentar com notas baixas nos fins de semestre. Quase escapando, à porta, esbarro com um colega de sala. – Parabéns! Quem diria! Você na China! – diz assim, exclamativo, o maldito. Laivos de inveja serpenteiam através de sua saliva que respinga na minha camisa engomada. Pois é. Eu vou e você aqui fica, com a sua burrice e o seu azar. – Tive sorte, só isso – agradeço, cheio de humildade. Apresso os passos. Desvio-me dos holofotes. Sou uma celebridade. Uma estrela. Uma estrela do Oriente agora. O passar atarantado de mão pela testa é de agonia e por causa do suor que escorre. Todos me olham. E o que olham em mim? Admiram-se do meu sucesso, quem sabe. Desejam-me toda a má sorte do mundo, provavelmente. Sigo em frente, à vontade como um hippie num navio de cruzeiro. De esbarrões contra o peito levo todas as felicitações, os abraços desconhecidos e as palavras vagas. Tudo é falso, e muito. Mas o que há de verdade em nós? Eu mesmo ando a canhonear agradecimentos e cumprimentos involuntários a toda hora. Somos dados soltos no ar, diria o dramaturgo da zona. É papel de ator. A peça está montada e preciso representar – carimbar minha presença ali ainda que deslocada esteja. Vou em frente, recalcitrante, porque é preciso ir. Somos todos aleijados sem mesmo mancar. Eu vou, ele vai, todos vão – assim se configuram as coisas. Combinar o enredo – é importante. Faz parte da obscena condescendência da vida em comunidade. A vida é assim mesmo – nada mais que um emaranhado de projeções sem nexo. Somos parte da mesma espécie, que abstrai, que degenera. Vou para a China em breve. É um começo. Não precisa de emboscada para ganhar de mim um aperto de mão. Não pretendo trazer nada para vocês, nenhum eletrônico pirata, nenhum brinquedo de cinco centavos, nem remédio que cura câncer, nada. Sequer me recordarei de vocês quando lá estiver. Quero passar. Encontro o meu irmão agora. Vamos, por aqui, ele diz, e me pega pela mão. O suor ainda escorre pela gola da minha camisa nova. Passo a mão pelo pescoço. Será que o lavei bem? A sujeira fez alguma nódoa no tecido branco? Um arrepio já sobe calcanhar acima só de pensar que a droga de um botão pode soltar da minha calça. As banalidades são para distrair. Tenho um cérebro louco que a toda hora precisa ser distraído. – Algum papel para assinar? – pergunto para a cara emburrada da moça de maquiagem derretida atrás do guichê. Onde está a lista? Há um contrato? Onde está? Já aprontei a rubrica. Grandes riscos no papel, como de chinês. Eu sou o novo bilionésimo da China. Dê-me aqui essa folha timbrada. Isto é meu. Sou o ganhador da bolsa de estudos, sabia? O grande contemplado que tem um contrato embaixo do seu cotovelo cinzento para assinar (com estas magríssimas mãos que se mexem aqui, veja). – Ainda não terminou a cerimônia, senhor – ela responde, cumprindo o seu dever de burocrata. – Sente-se e aguarde para assinar o protocolo. Cretina. Não percebeu que estou apertado? Preciso usar o sanitário e banheiro público é lugar que não entro. No meio da roda me exponho outra vez, à disposição para que um novo idiota venha me desejar boa sorte. A colisão de sensações: o que é bom? o que é ruim? Três horas antes: a televisão de casa ligada, e eu de frente para ela, na ordem magnífica das coisas, na bendita composição do cotidiano, no caloroso amparo do tédio. Sentado de bermuda na cadeira de plástico sequer podia prever o reboliço de agora. Uma bolsa de estudos. A China é o destino. Dias antes, de frente para o computador preenchi o formulário para participar do concurso, e ao mesmo tempo eu via um filme erótico. No meio do pecado recebi uma graça. E a graça está nessas coisas. Trivialidades que dão sabor à vida. As pequenas expectativas que fazem bem até para quem a fé é quase uma quimera. Uma viagem de intercâmbio para a China? Jamais ganharia uma coisa dessas. Veja só. Ganhei. Incrédulo, isso é o que você é, um menino incrédulo. Verdade. Sou um homenzinho de pouca fé. Desprovido de qualquer ascetismo. Mas não sou niilista. Não me acuse de crimes graves. Quero ser agradável. Aprender aos poucos. Encaro isto como mais um passatempo para grudar no quadro da irrelevância da minha juventude. Vou crescer, juro. Ainda chego lá. Mas não tenho pressa. Às vezes me ponho a rir baixo desses pequenos mistérios que se rebelam no meu coração (porque existe mistério pequeno e mistério grande, diria Lispector, talvez). Sinto indisposição para viver, doutor. Depressão crônica? Insatisfação degenerativa: eis o laudo médico. Não tem cura. Não há remédios para aliviar os sintomas. É assim mesmo. Todos devem lutar – já ouviu falar disso? Então, lute. Superação – é a palavra de ordem (na roda da terapia). Continuo o caminho, portanto, estreitíssimas veredas, tortuosas, dormindo e acordando, me alimentando como um jacaré – deixando flutuar o meu nariz por esses ares modorrentos, sorvendo a vida que dizem por aí que é bonita. Afastando com os braços os planos densos, opacos, sigo na busca de luz. A cerimônia continua. *Flashes* e acenos me convocam para mais uma foto. Obedeço. Estou desanimado. Deveria estar feliz. Ainda ontem eu era matuto. Sonhava com o cinema e nem televisão tinha em casa. Agora estou aqui, neste palco bonito e azul, atraindo os olhares todos do recinto, maldizendo a oportunidade (em voz baixa para ninguém ouvir). É bem verdade que sonhos de menino se transformam da noite para o dia. O cinema é ainda hoje prazeroso e encantador, mas a literatura é o que decidi pôr a frente em meu futuro – é um tapete de espinhos que desejo caminhar por cima. Não que seja isto um sonho que requeira sacrifício. Não sou um sujeito obsedante. Sou gato escaldado. Bem sei que é tão difícil iniciar uma carreira literária em Manaus quanto superar Machado na prosa. Já me apronto para a derrota. Escudo no peito. Prometo não chorar. Já me acostumei a perder. As perdas são partes de cada dia. Tenho o coração grosso como o do vaqueiro Fabiano, mas não nasci na caatinga, nasci no mato. Fui um leitor retardatário. Lá no mato os sonhos são picotados. No mato os sonhos são dissolvidos. Na cidade, li sem parar. Os sonhos tornaram-se grandiosos. Avancei pelas ciências do mundo. Deixei de acreditar em coisas. Tanto li que me esqueci de falar. Já passei dos vinte anos e o que produzi no papel serviria de mau alimento até para os ratos do bairro. Quando curar-me dessa afonia, prometo ser cruel, impiedoso com tudo e todos. Por hoje tenho de cuidar de necessidades básicas, e tratar das doenças enumeradas uma a uma nos prontuários que furto dos postos de saúde. Ainda sou estudante. Bolsista no curso de arquitetura de uma faculdade de péssimas referências – um terrível mau passo que dei. Precisava ingressar no ensino superior. Adentrei os portões, maltrapilho e suado. A cara, um ultraje. As espinhas denunciam que não tenho condicionador de ar em casa. Que ando por essa cidade saariana de ônibus com janela aberta. Já nasci condenado pelo sobrenome Silva (o referido é verdade e dou fé – assinaram ao pé do documento duas testemunhas, caligrafia garranchosa, duvido se passaram da pré-escola). Sobrevivi ao parto caseiro. Alimentei a minha fome de bebê com leite da mãe que se alimentava de canja de galinhas que comiam merda no quintal de casa. Passei ileso pelo batizado a sal e água benta. Escolheram para mim um casal de padrinhos pobres de quem nunca ganhei um presente. Venci os carapanãs, as lombrigas, as cáries que carcomeram meus dentes de leite. Estou aqui, vivinho da silva, por assim dizer. Agora a China me chama. Pena que a viagem não será hoje. O evento do intercâmbio continua, e chamam pelo meu nome, de mãos estendidas (mãos sujas de urina e maçanetas de banheiro). Manter a repulsa. Fazer o sacrifício. Obedecer. A última foto. Talvez seja a última. Assinar o papel. O papel garante que a viagem é minha. A viagem é sua – assine aqui. A China será seu novo lar. Um sonho invisível ainda. Vou dos abismos mais profundos aos mais altos cumes do mundo, a caneta esferográfica preta deslizando entre os dedos, e uma assinatura irresponsável, no papel timbrado, fugidia, corta o branco em golpes frágeis um nome que nem é bem o meu. Melhore o mandarim porque é necessário se comunicar. Sim. Melhore o português porque é necessário escrever. Este espírito carregado, esta cabeça nas nuvens, logo se dissiparão, darão lugar à limpidez das coisas nobres. Assim espero. E tudo agora é tão breve. Continue a andar. Afinal, o mundo não pode ser tão grande para quem cruzará metade dele.

2.

O calor da rua dissolve ainda mais a minha camada de pouca gordura. Os carros se amontoam no acostamento, se desfazem na fumaça. Porque é hora da volta para casa. O centro da cidade vinga-se prensando máquinas e pedestres contra as edificações. Vou passando. A multidão passa. Vultos seguindo em frente, desenhando com a sola dos sapatos linhas tortuosas, num percurso invisível e apressado, disputam ombro a ombro o espaço que a ninguém pertence. Garrafas de água, no meio da rua, nas bocas, nas bolsas, nas mãos, na caixa de isopor. O risco de ser consumido pelo vapor do dia inteiro que se apagou há pouco é algo que ninguém quer correr. Ninguém se importa com os males da cidade – não pretendo ser o primeiro. É a luta pela sobrevivência, como nas savanas africanas. Devo voltar para dentro do prédio. Dentro do prédio o calor é menor. Mas há muitos idiotas lá dentro. Há idiotas em toda parte. Aqui, na calçada, também está cheio deles – como formigas no doce. Sim. Têm doces, pudins e churrascos na calçada. É zona de livre-comércio. Manaus e a zona franca. A cidade e a liberdade. Coreanos e os eletrônicos. Paraenses e o tacacá. Chineses e os pastéis de alho. Japoneses e as chapas de yakissobas. Gregos e o churrasco no espeto giratório. Árabes e as caftas. Colombianas e as arepas. Aqui os carrinhos, têm lonas e sacolas penduradas para pôr o lixo, e têm cadeiras de plástico para agradar o freguês. Os meninos da cola de sapateiro espreitam as bolsas da clientela. O cheiro de pipoca vai longe. Milho cozido faz aumentar o calor. É a bela safra de grãos que desenha rijos abdomens de gordura nos universitários. Quadrilhas de parasitas, bactérias e coliformes fecais – tudo despejado no estômago da massa letrada do país. Experimento o risco. A regra vale para mim. Junte-se aos seus colegas. Seja participativo. Alguns parasitas, umas bactérias, mal nenhum lhe fará. Devoro então um cachorro-quente com suco da fruta. Parece delicioso. O meu irmão está aqui, me lança um olhar incrédulo, repreensivo. Recebo-o com negativa e na defensiva disparo: – Tudo certo, estou com fome. Hoje é cachorro-quente, o sanduíche de salsicha e pão. Amanhã, na China, será cachorro de verdade, o velho amigo do homem, passadinho, no espetinho. Tento disfarçar. Se distraia de mim, meu irmãozinho, não sou uma boa pessoa. Não passo de um terrorista introspectivo, imprevisível e sem sorte. Um termômetro de tubo muito fino: posso romper. Não tenho valor. Tal como notas de dinheiro velho, sou obsoleto. Uma frágil caça, acuado, uma zebra. Um diminuendo para quem anda ao meu lado. E o que mais sou? Na verdade, tantas coisas. Não tenho idade para me convencer de nada ainda. Sou jovem e tenho o direito de experimentar e levar vantagens. Posso ser um velhaco da pior espécie, cretino e dissimulado. Até posso ensinar aos psicopatas um razoável á-bê-cê. Mas não pense que sou uma falha absoluta. Sou alguém intermediário, a bem dizer, capaz de chorar pelos famintos da África e vibrar com o acidente fatal do torcedor fanático que pulou da arquibancada depois do gol da vitória do time do coração. Carrego sonhos de tranquilidade, sonhos de navegador; sonhos de chuva e de sol, sonhos de solidão. Sou descendente das más escolhas dos meus pais, suas indigências carrego até hoje, ando à procura de um cesto de lixo para despejá-las, uma vala comum para sepultá-las. Por isso sou breve. Sou conciso. Sou amplo. Um bichinho a ser domesticado, intolerável e rude, complacente e teimoso, que anda a procrastinar todas as coisas na vaga esperança de um porvir mais leve. A preguiça um dia vai passar. A fé um dia vai chegar. Enquanto isso haverá alguém para pôr a culpa. Porque sou oportunista. Posso ser uma ameaça? Uma terrível ameaça. Posso matar? Não. Engasgar, talvez. Porque ele não aprecia a violência física, tem medo de sangue, ele é um jovenzinho que ama Johann Sebastian Bach e sonha que é um pequeno planeta – um corpo ainda não celeste que anseia pela força gravitacional que o deixe mais esférico, para ser aceito por alguma estrela, para girar pela eternidade, girar e girar. Porque ele ainda é confundido com areia e cheira a monóxido de carbono e tem fuligem nas suas roupas, mas ele não é lixo do espaço, é um planetinha, tímido que seja, mas que um dia terá aparadas suas proeminências e ficará esférico, com polos e paralelos, e porções de solo e porções de mar, estações quentes e frias. Trivialidades para pensar enquanto engulo a última gota de maionese que escorria do pão. Trivialidades que ganham importância enquanto desço a rua Huascar de Figueiredo para o ponto de ônibus. O cheiro da maionese nas narinas, a China no pensamento. O meu irmão ao meu lado. Uma viagem para o outro lado do mundo. A viagem está marcada. O futuro é o portal da felicidade plena a quem o presente significa pouco (ou quase nada). O futuro será mais doce. O futuro terá bandejas de ovos de cem anos e tarântulas. Tantas são as promessas que me torno alguém superior a cada instante. Currículo imbatível. Prioridade na fila de seleção para grandes multinacionais. O trigo de prioste. O melhor entre outros mil. Abram caminho. Está aqui o jovem ganhador do intercâmbio para a China. Vamos lá. Apertem a sua mão. Bagagem cultural imensurável ele carrega. Superou a todos. Seis meses na China. Um ano, quem sabe. Saiu da floresta amazônica para se tornar um tigre. Um tigre asiático. – O ônibus! – grita o meu irmão, esticando o braço. Despenco abrupto das divagações que volta e meia me arrebatam da Terra. É assim. 110, os números do ônibus, brilha de longe a cor alaranjada no painel eletrônico, lá vem o Gugalana com sua terrível voracidade engolir todos os pobres que o esperam cheios de ansiedade. Destino: o bairro Nossa Senhora Aparecida, onde fica o meu pequeno lar – provisório, é claro. A cobradora desmancha-se na cadeira de macarrão, tão feia e cochila. Desperta pelo bipe da maquineta que me permite rodar a catraca. Naquela cadeira de plástico, sente-se. Tem janela, meu irmão. Tem vento, meu camarada. E você precisa respirar. Dê uma pausa aos pensamentos longos. Respirar é tudo o que por certo você precisa na vida. Faz três dias que saiu o resultado do concurso. Três dias que preciso de remédio para dormir – uma dose extra, na verdade. A tarde inteira entre pensamentos confusos – distantes mundos de onde eu ando de fato. Uma longa viagem. Estudar no exterior. Golpe de sorte. Sorte? A informação desceu bem amarga. Penso em ligar de volta e agradecer: obrigado, não poderei aceitar, passo por uma crise particular, no momento. Problemas de saúde, sabe, coisa séria. Se eu declinar, o prêmio vai para alguém? Sim, senhor, vai. Certo. Então, aceito. Passarei no escritório amanhã, cedo. Me aguardem, bem cedo mesmo. Perder é algo inaceitável (na minha idade). Aquece-me o peito essa história de competitividade. Outro igual a mim tomaria o meu prêmio. Vai que seja o Luís, aquele empertigado cretino da minha sala, metido a sabichão. Ligo para a mãe. Meu Deus! China? Meu neném vai pra China? Meio atravessado no choro disfarçado ouço baixo os parabéns. A mãe não faz ideia de onde fica a China. Não sabe quantos meridianos terei de cruzar. Isso é bom para o seu futuro, ela complementa, repetindo involuntária as palavras de todos. O futuro. Aproveite. Não, mãe. É uma temporada numa faculdade de arquitetura. Não estou indo estudar literatura. É, mãe. Isso tudo é uma grande merda. Não significa nada pra mim. Ainda estou no caminho errado. Meus dias todos desperdiçados num curso que desprezo, que por falta de opção meti a cara, e por uma vaidade continuei, pelo desejo de não morrer pobre. Arquitetura. Dinheiro. Que bela profissão. Veja a beleza que é riscar cidades com nossos traços. Que brilhantes croquis. Todo mundo que diante do edifício passar vai dizer que lindo, que bela obra, uau. E você o desenhou. Os pichadores vão gostar. Os grafiteiros, também. A marquise será do mendigo. O vão da entrada, o abrigo noturno do drogado. O seu trabalho ajudará toda essa gente, cara. E se destruírem tudo, tudo de novo será reconstruído. É a reciclagem. É o termo da moda. O mundo é isso: tudo é construção. É tudo concreto armado; as árvores são pilotis, as cordilheiras, fachadas; os mares, piscinas de borda infinita. Se o contemporâneo cansa, trazem de volta o neoclassicismo. Giram a roda, e devolvem-nos o moderno. Dia virá que tanto se revolverá a história que acabarão por desenterrar o barroco. São velhos ciclos onde o novo não tem lugar. Está no retrospectivo o escape do arquiteto ruim. Contemporaneidade vazia. Não nasci para isto, mamãe. Serei ruim como eles. Farei parte da corja. Jamais projetaria uma casa na cascata, um Pompidou. Vou morrer desconhecido, o mundo nunca terá outro Frank Gehry. Nasci para escrever. Entenda, mãe. Criar personagens fabulosos como Capitu e Dorian Gray. Desejo como um carpinteiro aprender no duro ofício o domínio pleno da nossa língua. Para quê? Para escrever tramas incríveis, *Guerra e paz* e coisa assim. Para escrever sobre nada, talvez. Contar historinhas para boi dormir, sobre as coisas mais simples, incompletas, ou repletas de substância, de enlevo, quem sabe. Ainda não formulei um estilo, nem nada. Penso que o que preciso é falar. Ofender as pessoas. Falar mal de tudo o que me rodeia. Nada de elogios, pieguices, biografias. Ora, a personagem era assim e era assado, nada com isso tem a minha moralidade, sou ficcionista apenas. Desejo parar diante da estante da livraria e admirar a lombada do meu livro e sentir a alma fisgar um pouquinho. Sim. Ficar ali por algum instante e sentir a deliciosa vaidade. Como deve ser bom. Ah, deve ser incrível. Cutucar aquele leitor que se distrai na seção de autoajuda. Bater forte na sua cabeça com um belo volume de capa dura de *Crime e castigo*. Despertá-lo. Impudente, me entregar a ele como sugestão: veja aqui, eu escrevo também, sou iniciante ainda, mas veja o meu texto, é leitura rápida, sem tropeços, sem rodeios, agradável como *Dom Casmurro*, leve como *Dom Quixote*. Leia. Todos vão se empolgar. Vão, sim. E o propósito não é este? Chegar em casa? Sim. O trajeto é curto. Já estou descendo do ônibus. Enfim, desperto. Vivo assim: a cabeça enevoada de ideias e cenas ligeiras. Sou capcioso; pego aqui e ali o que tenho de usar toda hora para distrair o cérebro louco. Opa. Tropeço na tampa de esgoto. Um rato enorme dispara na direção contrária e gentilmente colabora para o meu despertar. Um rato: um fator para desanuviar a mente. Sou pobre e tenho de cruzar com murinos. Conviver com murinos e muriçocas. Pedrinho no susto evita minha queda. É sempre ele o meu cajado. Descansa o braço no meu ombro e seguimos, inventariando os silêncios, como dois personagens de Dickens, andando pela escuridão e podridão da rua Alexandre Amorim.

3.

A geladeira é para abrir, abro-a, os olhos drogados fantasiam riscos do arco-íris que se projeta no plástico que protege um resto de bolo. A pobre geladeira que tanto persigo em busca de água. É esta já a décima vez na noite; a porta difícil de fechar, a borracha desgastada. Da água não mais aprecio a sua pura utilidade (matar a sede), gosto, portanto, do barulho que faz quando jorra no copo, porque é para o cérebro uma singela distração. Quando com fúria dou um pequeno gole, penso sobretudo na racionalidade: é suficiente para aliviar a garganta da secura?, e não deve encher muito a bexiga, não é? Cada momento é valioso: o rangido da porta, o risco do palito de fósforo, a esponja roçando no prato sujo, os miados dos gatos no cio. Vinte horas sem dormir. O corpo quase em colapso pede descanso, a cama gentil oferece um lençol fino e um travesseiro de fronha antiácaros, e ali me deito, de corpo inteiro, porque é bom lugar para aguardar que os miligramas do sonífero apaguem com o efeito a celebração do intercâmbio e todos os imbecis do dia. Bom, é isso que faço. Faço as coisas com rapidez e certa violência. É assim, deito na cama, na verdade, como um animal. Porque estou aborrecido e me vingo das coisas: da água e do colchão. Meu irmão sequer move os pés. Dorme como um faraó. Dividimos o sarcófago. Pedrinho já é homem, de pelo e barba; não houvesse lâminas no mundo, teria barba cheia, barba de vilão. De calção, apertado, a certo modo, na cintura, é o meu herói – meu herói de camisa de algodão. Nasci primeiro. Eu quis assim. Pedrinho cuida de tudo, decide sobre os planos que devo levar adiante ou abandonar. Ordena as coisas. Invertidos são os papéis, eu sei, planejei dessa forma. Não sou um bom irmão. O mais que faço é amenizar as falhas, de vez em quando. Veja que rara oportunidade: cubro-o com o lençol. Ele sequer sabe disso. Pedrinho dorme rápido, e muito. Abandona-me com meus pânicos, insônia, sede, pesadelos. Não posso lhe cobrar mais. Já faz tanto por mim o pobre o dia inteiro. Parece que cresceu ontem, ainda é menino, com barba, mas é menino. Pedrinho é bastante gentil. Tem o coração alvissareiro. Os olhos argutos como que nascidos já condenados para cuidar de mim. Pedrinho é como se tivesse saído de um molde na minha cabeça. Gosto de xadrez, ele é enxadrista, como um russo, o melhor. Gosto de dominó, ele pronto me ensina, e vai além, me apresenta a sinuca, o pôquer, o futebol de botão. Até o que não posso fazer (porque penso ter um coração doente) ele faz por mim: joga futebol, vôlei, basquete, e por aí vai. No corpo o tempo lhe fez desenhos, de proporções perfeitas do Homem vitruviano, musculoso já é mesmo desde menino. Sob a vasta cabeleira cortada à moda da hora se esconde um invejável cérebro que tudo facilmente processa, e tanto é admirável a rapidez quanto a perfeição, da geografia à matemática, dos passos de dança aos céus estelares, de tudo ele entende bem. Boa memória, inteligência dirigida. Seus sonhos de menino flertaram com a botânica, as línguas, a astronomia, a física, a ecologia, a geologia, e tantas outras. Hoje só pensa em fotografia (mas a fase não deve durar muito). Olho para Pedrinho e penso na China – a China que tanto me distancia das coisas. A China que me aproxima do passado, de quando eu vivia no mato. Lembro que a mãe sintonizava no rádio de pilha a estação FM Difusora toda manhã depois de o galo cantar. Antes do jornal, ouvíamos a Oração da Manhã. Duas orações que se alternavam a cada dia. *Senhor, obrigado, mais um dia*... Eu poderia hoje repetir delas cada palavra. *O dom da vida é algo precioso*... Mas não é hora. Confesso que ando com certo medo de Deus. Não quero me aproveitar da doença para pedir ajuda. Tenho medo de castigos. E esta é mais uma noite amaldiçoada – é necessário dormir. Nesse intrincado entre o sono e o despertar, a garganta que sobe e retrocede, me passam nos olhos cenas da infância triste. Olho para o meu irmão, novamente, e de barba crescendo; nas noites, os fios aumentam, o processo é intenso, eu penso. No seu braço me apoio aqui perto do pulso, desvio as artérias que latejam e me causam agonia. A televisão está ligada. Aparece, então, o cronômetro: três da manhã. O aviso diz que o aparelho vai desligar automaticamente. O controle remoto, iluminado no escuro, os botõezinhos, me tentando a procrastinar a tela ligada. É sensação para se experimentar, e como me aproveito de toda e qualquer bobagem, daquilo me aproveito também. Pedrinho suspira ao meu lado, sono pesado. Não há rasga-mortalha no mundo de hoje. Não posso ouvir os gritos da Rainha da Noite. Nada de labaredas de cavalo de fogo, besta-fera, fogo-fátuo, o fantasma camarada, nada existe para me assustar, me alertar de que a noite é um inferno e que devo à força que seja dormir. Sou um condenado, é verdade, na maca, aguardando o último minuto para receber a injeção letal – a condenação cíclica, passageira, porque o castigo deve continuar amanhã. A Califórnia do cinema me vem à cabeça, Alcatraz e a ponte alaranjada, imagens opacas de uma consciência em agonia. Na sua totalidade o quarto escurece enfim. A sede inapelavelmente virá. Antes de pegar no sono sei que terei de ir à geladeira pelo menos mais duas vezes. Está dentro das perspectivas. Tudo certo. Fecho o punho no ombro do meu irmão que ressona tranquilo. Seus sonhos devem andar pelas pracinhas de perto de casa, beijinhos na namorada, uma corrida para manter a musculatura das pernas, um suco gelado da gorda-da-lanchonete para aliviar o calor. Dele não carrego a mesma simplicidade onírica. Não posso mentir. Pretendo, ao cerrar as pálpebras, sonhar com a China, o Oriente e os petroleiros, as pandas e os dragões, os signos dourados, a minha era de felicidade vindoura, o budismo e a reencarnação.

4.

Hoje. Ainda é manhã. Sim. É manhã, e para hoje existe um compromisso. Hoje temos um compromisso, mano, diz Pedrinho, para reiterar. Sou desde pequeno incoerente com as manhãs, sou desordenado e gosto de cenas ligeiras, e as manhãs são lentas e exigem ordem. Pedrinho, ordeiro até demais, aprecia as conveniências da rotina, os pontos enfileirados, o alcance e o controle de todas as coisas, a ordem extremosa, por assim dizer, e repete isto de forma deliberada, também desde muito pequeno. Hoje temos um compromisso, e Pedrinho cuida disso, é parte do seu controle. Os meus olhos ardem da noite insone. Conforta-me saber que curtíssimos são os trajetos dentro do cubículo onde vivo. O quarto dá para a sala-cozinha, e cruzando nove cerâmicas de quarenta centímetros já estou no banheiro que fica de porta para a minúscula área de serviço: este é nosso lar, inteiro, numas passadas cubro todas as suas dimensões. A catarata de água fria desce da caixa de plástico, *chuá*, primeiro os pés, *chuá*, depois a cabeça, lava os terrores da noite passada, as pegadas dos fantasmas grudados na minha pele. Verifico os batimentos cardíacos: estão agitados. Tenho bradicardia e por isso me acostumei com o bicho batendo devagar (aos oitenta por minuto, para mim, é risco iminente de fibrilação ventricular). Tenho extrassístoles sintomáticas por causa de um bloqueio atrioventricular de primeiro grau: embora não me incorra risco de morte súbita, é revelação de exames, é constatação dos eletrodos grudados no meu peito. Surtei. A mente desmantelada por um diagnóstico precipitado: a ameaça psicológica de um ataque cardíaco fulminante a qualquer hora. Levo os exames para a doutora Silva – bem, vejamos, hum, ela calcula os gráficos, é preciso investigar, diz passando os olhos maquiados pelo papel. Investigar o quê? Ora, ora, alguma doença nas válvulas cardíacas, uma cardiomiopatia, uma doença arterial coronariana, alguma disfunção da aorta, uma obstrução atrioventricular, algum mal no nódulo sinusal. Pronto. Átropos estava ali na minha frente revelando todas as possíveis sentenças de morte que existiriam na linha do meu destino. Escolha. Só basta escolher. Saio da sala, trêmulo, sem fôlego, o calor incendiando a minha cara. Penso nos cateteres invadindo minhas veias e artérias. Ablação por radiofrequência é a solução. É indolor. Não, doutora Silva, nada na vida é indolor; um simples toque na nossa pele frágil, na nossa mente quebradiça, tudo é dor. Só de pensar numa punção na veia já estremeço a alma. Pedrinho me acalma. Novos exames são feitos, nada de ablação, nada de cateter, é desfeita logo a necessidade do cardiologista. Não há risco de isquemia cardíaca. Não há indicação para morte súbita. A função cardiorrespiratória parece satisfatória – poderia melhorar, e segue na última folha de exames uma tabela com um programa de condicionamento físico. Sofre de estresse? Nenhuma das doenças previstas pela doutora Silva se confirmou. Certo. O psiquiatra então, gentilmente, tomou o lugar dela e não me deu alta até hoje. Transtorno de ansiedade generalizada. A mente e a realidade são coisas imiscíveis, bem sei. Por aí ando desde então a capengar como nem sei a maneira, com pânico e as tremedeiras e as crises de falta de ar que me fazem de palhaço a qualquer hora. A figura angustiada na pintura de Munch. Há pouco tempo, lá no mato, nosso meio de transporte era feito por canoas, canoas de madeira, feitas com métodos de construção indígena. Eu sonhava em trocar aquelas canoas por ônibus. Hoje tenho ataques de fobia dentro dos ônibus. O tempo é mesmo gozador, cheio de caprichos, prega no homem os remendos que quer. Tudo bem. A luta do homem já é travada dentro da barriga da mulher. Respirou, chorou, o que resta? Na cozinha, Pedrinho tira a barba, como Buck Mulligan, aproveitando o espaço que lhe deve o banheiro. Na mão esquerda segura um espelho, desses de supermercado. Pouco pelo e muita espuma, e o seu rosto de fidalgo reluz na claridade do dia que amanhece e entra pela porta de vidros rachados de nossa sala de estar sem sofá. Desenrolo os papéis que protegem minha escova de dente, ponho-a na água que pus para ferver mais cedo, preciso desinfetar as cerdas todos os dias. Não tenho barba, que sorte, pois soube que as barbas são verdadeiros santuários para a proliferação de bactérias. O espelho me avisa de uma acne terrível, vermelha, nova ainda, que brota de um cravo ontem pela tarde espremido sem intenção. Não tenho mais dezesseis anos. Hormônios e seus mistérios ridiculamente visíveis e cruéis. Observo minhas costeletas, estão grandes, devo cortar o cabelo, Pedrinho diz que é sinal de mendicância andar por aí com cabelos cobrindo as orelhas. Sorrio para ver a evolução das minhas rugas, tenho pequenas rugas, e são antigas, é razão para me preocupar, pois não tenho covinhas nas bochechas como Pedrinho e as covinhas disfarçam as rugas nas pessoas, ninguém nota as pregas, só reparam nas covinhas. Limpo os olhos mais uma vez e o nariz. Por último verifico os dentes escovados, duas, três, cinco vezes, estão ficando amarelados a cada dia, se desenvolve ligeira uma cárie num dente molar. Água com açúcar faz mal para a saúde bucal e ando bebendo muito disso ultimamente. Estou indo para a China, ainda bem, nada disso importa, é só uma cárie, posso ter os dentes amarelos como enxofre agora, descobri que na China ninguém precisa sorrir com dentes brancos.

5.

No terminal de ônibus da praça da Igreja Matriz no centro de Manaus é que se escolhe o destino – não precisa dar a mão, só escolha para onde ir, para o norte ou para o sul. O norte de Manaus é zona ruim, a cidade se espalha num coalho de bairros pobres, e é para onde vamos agora. Sete horas e quinze minutos. Cedo o sol já desponta; a brisa que é boa, nada. Não há ventos nessa cidade. O clima demasiado úmido faz o suor escorrer. É o sol que castiga as edificações históricas, maltrata-as, trinca-as, estraga-as, as faz em ruínas. É o mesmo sol que pune os homens, aflige-os, mancha-os, envelhece-os, os faz mais tristes. Tanto lugar ao sul e meus bisavós aqui vieram parar. Não sabiam talvez que existia água doce em outros lugares. Nordestinos daquele tempo carregavam na alma a sede por água doce e chuva. O bisavô desembarcou numa Manaus rica e bonita – a Paris dos trópicos. A cidade da *belle époque* que teve energia elétrica nas ruas antes da capital da república. O bisavô, nordestino, deu o dedo do meio para toda aquela ostentação. Era um nordestino sem ambição. Era também um nordestino sem sorte. Chegou migrante como qualquer outro, a calça de mescla azul, o blusão de morim branco, na cabeça ainda sem cabelos brancos o chapéu de palha, nos pés as alparcatas de rabicho, a caneca de flandres, a rede e a carteira de cigarros. O bisavô fugiu do acampamento, encantado com a imensidão de água, e descobriu que toda aquela água se podia beber, comprou um barco, embrenhou-se rio adentro, expulsou índios e no meio do mato fez território. Hoje, carrego dessa má escolha os azares. Ele podia ter ficado em Manaus, entregue à vida boêmia da cidade mais rica do país, enfiando-se em prostíbulos, efetivando relações com coronéis. Obrigado, bisa, por sua causa não sou descendente de uma rameira francesa, não carrego sobrenomes de uma cafetina de luxo, não sou neto de um cruel senhor da borracha. Possuiria, quem sabe, um sobrenome decente, difícil de pronunciar, que me diferiria dos silva, dos souza, dos andrade, dos oliveira, dos araújo. Obrigado, bisa, hoje não tenho fortuna, por sua causa não herdei um casarão no centro de Manaus. No momento o que tenho? – entre uma curva e outra, ladeiras íngremes, solavancos para despertar. Vinte anos de idade e o carro ainda não chegou. Bom, ganhei um intercâmbio para a China. Confesso que me faria mais feliz um prêmio na loteria ou um carro na promoção de Natal do shopping. Eis-me aqui, entretanto, nos bolsos da calça comprida velha centavos contados, viajando de ônibus nesta cidade em combustão. O que fazer para mudar isto? Entreter o cérebro. Muitas barrigas intumescidas, cobertas, descobertas, meus olhos perscrutam, de revés, e os pegadores sobre os assentos do ônibus são as prensas que prensam as barrigas. Mulheres e homens, crianças e velhos, a pele queimada, magros, gordos demais, rostos oleosos, fazem fila, de pé, mãos agarradas em qualquer apoio, na luta cotidiana de ir contra os movimentos vômicos do veículo, de se proteger para não cair, de esforçar os pulmões naquela cápsula hermética. Empregadas domésticas, vendedores de lojas, peões de obras, pessoas inúteis para a ciência, que descartaram qualquer tendência à intelectualidade, são hoje descartáveis para o mundo vilão, e assim serão pelo resto da vida, identificados por um crachá encardido, molas sobressalentes do sistema, partes com pouquíssima função das engrenagens do serviço, ambulantes que de um ponto a outro vagam sem nada modificar, movem-se como bichos, carregando seus sonhos miúdos, vazios de utilidade. Em breve estarei na China. A chance está nas mãos. Não vou me juntar a esse batalhão de trabalhadores tristes. Recuso esses uniformes sujos e fedorentos, estss botas de borracha dura nos meus pés. O destino me oferta a garantia de um calcanhar sem calos e mãos macias como de escrivão. À minha frente se abre um caminho agradável: mesa limpa, cadeira de rodinhas com encosto reclinável, persianas na janela. Os olhos vermelhos (pedem por um par de óculos) serão poupados dessa pobreza indissolúvel, da miséria perene lá de fora. A pobreza onde nada se ajusta, que desajusta e desalinha todas as fases da vida, logo se apagará. Porque o menino pobre que nunca tinha roupas novas para vestir vai morrer; sim, o que era o mais pobre da turma; o que fedia a fumaça porque a mãe levava uma vida miserável e cozinhava à lenha em plena década de noventa. O menino está de malas prontas para a China. Voltará, quem sabe, um dia a Manaus, depois de discursar nos degraus do Lincoln Memorial, depois de lotar a praça da Paz Celestial. Pedrinho, sentado para o corredor do ônibus, recebe no rosto barbeado golpes sucessivos de mochilas e bolsas de mulher. – O povo não tem educação, mano – reclama. Pedrinho é assim, um santo, inocente, não entende que as pessoas pobres são combativas e não se importam com conformidades, posturas gentis e sorriso nos lábios. Nada digo, até porque, neste instante, um lapso de coragem se desenha no horizonte, e não posso deixá-lo passar. Volto rápido o olhar para a janela e vejo que mudas de ipês foram plantadas pela prefeitura ao longo da avenida

Djalma Batista, e já estão crescidos e a cena está bonita. Na cena me vejo arrastando o Pedrinho por aquelas faixas de trânsito, invisíveis e perigosas, da avenida, no meio dos carros. Sempre tive medo de altura e por isso – quando íamos ao cinema nas quartas-feiras de ingresso barato – fugíamos da passarela do shopping que gira numa laje de dá vertigem em paraquedista, arriscando a vida numa corrida desabalada por aquelas faixas inseguras. Era um tempo que não havia medo. Foi apenas um lapso de coragem, como disse, a lembrança de um tempo bom. Agora, noto que estou dentro de um ônibus lotado, os meus olhos assustados tentam se concentrar no verdinho dos ipês no meio do cinzento, para não me apavorar. As mãos apertam o metal do assento dianteiro do veículo, vai passar. Vai passar.

6.

Deus não criou mais de um Lacan, diria o velhinho, se fosse humilde, me olhando por baixo das lentes redondinhas dos óculos de velhinho. Está frio. A sensação é boa, é agradável ao tato e faz o coração bater mais devagar. O divã. Desejo me espichar todo naquele trambolho. Analistas, no fundo, apreciam quem sabe dar utilidade a todo aquele espaço desnecessário, a quem se põe a bater com os sapatos no carpete, a quem investiga as pinceladas do quadro na parede pendurado, a quem deseja as persianas, os vasos de plantas e as pedrinhas que têm dentro do vaso. O receio sempre me acompanhou às salas de psicólogos, aos consultórios médicos e odontológicos. Ir ao hospital, para mim, quando pequeno, já significava ter de mostrar os genitais (e eu nunca soube lidar com os meus). Uma tortura. Os doutores ali estão para desejar os pacientes mais bonitos, os mais jovens, passar a mão, aliciar, ou coisa pior. Mas nunca sofri assédio. Talvez porque tive contato com médicos (contra a vontade) até os dez anos e eles prefiram os púberes, ou porque muito padeci com manchas de pele e verminoses, ou ainda porque fui uma criança magrinha e nanica, pinto sugerindo igual finura e tamanho. Estou aqui, para a sessão de análise, mais uma vez, e vejo que as paredes são interessantes. Quatro paredes preguiçosas – um relógio é o único peso que carregam – me isolam do ambiente externo, lá onde está Pedrinho, com a secretária e a garrafa térmica de café. Conheço bem o psicanalista, tivemos nos últimos dois anos uma relação estável. É certo que, como qualquer relação, passamos por problemas sérios, desavenças, desinteresses, aborrecimentos e crises. Preciso viajar para a China, doutor, ligo para marcar a consulta. Ele nem doutor é. Preciso me curar do pânico de uma vez por todas. Ele ri: a cura não vem tão rapidamente. A propósito, para mim, não chega nunca. Tudo bem, ele concorda, vamos continuar. Eu era um paciente interessante. O velho não me cobrava o valor da consulta. No começo cheguei a desconfiar de algum interesse lascivo de sua parte, é claro. Mas com o passar do tempo ele se mostrou apenas um velho que através do bloco de anotações, sempre grudado na sua mão murcha, desenvolvia talvez um estudo de uma síndrome nova, um complexo raro, indecifrável ainda, que no final seria sua contribuição para a psicanálise. As pessoas precisam contribuir para suas carreiras (diz o manual da realização profissional). Ele parecia padecer de tal vaidade. Ele diz: "Talvez a raiz do seu problema esteja na...". Eu rápido contesto, atrapalho o seu trabalho. Sabe, doutor, acho que tudo começou com o meu lanche vespertino. Sim, conte-me – ele se anima todo, na esperança da descoberta, de uma pista que seja. Todas as tardes, desde que moro na cidade, tenho o hábito de comer tomate maduro fatiado e azeitonas verdes; é sempre um momento de aflição, pois no final, quando resta somente uma rodela de tomate e uma pequena azeitona no pires, fico transtornado com a seguinte dúvida: ficar na língua o doce do tomate ou o salgado da azeitona? Interessante, ele murmura. Percebe a minha mentira. Disfarça. Mas não esconde a decepção. Não me importo. Ajo de má-fé, minto, omito informações cruciais, não admito ser vencido por um velho de boca funda.

O assunto muda. Perguntas de sempre: alguma evolução quanto à doença? O ar de marechal, o bigode num sobe e desce, a caneta anotando o tempo todo. Bom, a imipramina me fez voltar a andar de ônibus, mas penso em trocá-la por maconha. Ele sequer levanta o olhar, na sua idade já não há qualquer interesse por piadas. Ainda tenho medo de dormir, de ficar sozinho, de lugar fechado, de lugar lotado, de tomar banho. Tenho medo de palhaços, de bonecas, de lojas de sapatos, de filas, de coisas marrons, de lâminas em geral. De tempestades, de dias calorentos, de ruas movimentadas, de estradas, de acidentes. De câncer, de doenças crônicas, de infartos, de dores. Tenho medo de muitas coisas, sabe. Chega! O velho me pede para ser específico porque diz que eu embaralho muito as coisas. Não é obrigação dele desembaralhar? Não consigo organizar nada, justifico, sou confuso de natureza. Sou daqueles que para não subir na árvore põe culpa no calçado inapropriado; que põe o pé na água e retrocede. Ele, de fato, parece a cada consulta mais impaciente, como aquele avô que não tolera mais as tolices do neto. Ele quer mudar de assunto mais uma vez. Insiste em arrancar de mim confissões, nas ideias de que eu sou sexualmente reprimido, e que preciso namorar. Para psicólogos e pastores de igreja o mundo é todo sexo. Já me apaixonei por um garoto: Jakob von Gunten – faço outra piada. Ele novamente não ri. Se levanta e fecha o caderninho. Sei que um dia ele não mais abrirá as portas para mim. Pare de brincar com tudo. Quem aqui é o analista?, ele pergunta. Nenhum de nós dois, respondo. Um silêncio breve. São dez horas, né? Sim, já são dez horas. E a sessão de análise acaba assim, com esta confirmação de horas.

7.

Hipótese: malas na mão rumo àChina, e escolho ir pela África – 2.690 km de Manaus a São Paulo, 7.440 km de São Paulo até Johanesburgo, de lá mais 10.730 km até Hong Kong. Cruzando ares, oceanos e continentes, meridianos e paralelos, num dia inteiro. A China é longe e me dou conta disso não só pela geografia. Pedrinho não se mostra disposto a me acompanhar na viagem. Tento convencê-lo há dias. Veja só, Pedrinho, Hong Kong. Lá tem paisagem, uma megalópole, arranha-céus. Perto dali, a China das Muralhas, a culinária exótica, a Cidade Proibida. As baías, as barcaças, os navios que abastecem o mundo com tudo o que é e não é necessário. Rápido, e grandes agências internacionais disputarão nosso talento – eu e a minha literatura, você e sua fotografia. Isto seja quem sabe uma ponte a coisas maiores. Nos concursos muitos prêmios e claques nos festivais. Não é uma boa? Pedrinho não se empolga nada com minhas conversas fiadas. Pelo cansaço pretendo ganhar. Argumentos são necessários e quanto mais variados melhor a florescência. Durante o dia estudo na universidade chinesa – continuo –, você pode atravessar de barca, de Macau para Hong Kong, e tantas vezes que for necessário. Há tanto o que fotografar. De repente você tem a sorte de eternizar uma imagem como fez

Nick Ut, na guerra do Vietnã. Esqueça o que eu disse. Nada de guerra. O ano-novo. Já imaginou? Os mercados coloridos, lotados, a queima dos panchões, a celebração multicor e estrondosa? Luzes no céu, o amanhecer, o entardecer, o anoitecer. Com os japoneses poderá armar duelos, a disputa de quem pegará as melhores auroras e pores do sol. Cursos de montagem de imagem, de fotografia, de manutenção de câmeras, de mixagem de som, baratos até, pesquiso tudo pela internet, imprimo e grampeio as folhas em ordem, está aqui, veja que sou um irmão bom. Tenho os meus objetivos, mano, ele diz. E eu fico assim sem ter mais o que falar.

8.

dizia que ia chover, o vento vinha forte, as folhas das árvores começavam a cair, então ele pegava uma corda, um pouco grossa, e começava a fazer nós, nó de moringa, nó de forca, nó de frade, nó de oito, nó quadrado, lais de guia, volta da ribeira, volta do fiel, e tantos outros que ele não me dizia o nome, que se desfaziam nas voltas que a corda dava, que me fazem lembrar dos dias que chovia e que ainda assim eram dias claros para o meu coração. Abro os olhos, ainda estou dentro do ônibus e vejo a cor azul, o verde e o branco, a faixa de lona da usina termelétrica que me saúda para mais um dia de estágio obrigatório da faculdade. Ali faço nós e nunca os desfaço, e já é como uma corrente que se arrasta no meu calcanhar a cada vez que passo pela portaria e para o porteiro cumprimentos: bom dia. Ele não responde. Tudo bem. Prefiro um gesto ignorado a um sorriso, uma xícara de café, um tapinha nas costas, um jornal da manhã. Desço pela calçada infinita, e muito me atraem os gigantescos tanques de óleo diesel, altamente inflamáveis, alinhados sobre um recorte de terra muito alto, grades de proteção, ameaçadoras placas com simpáticas caveirinhas alertando que tudo por ali eletrocuta e mata instantaneamente. Sigo até a sala onde reservaram uma cadeira para mim. A vista dá para o Rio Negro. De lá posso ver os navios passando, as balsas carregadas de botijas de gás, pequenos botes de pescaria, lixo boiando. Há muitas mangueiras em volta, dão frutos e sombra, abrigam pássaros, insetos e materiais velhos descartados pela carpintaria. A cerca de proteção da usina é telada, tipo concertina, impede a invasão de ladrões de óleo diesel e o acesso dos traficantes do bairro. A cerca se rompe para a passagem de uma tubulação colossal que capta água do rio para resfriar os geradores de energia. Percorro, de vez em quando, a superfície rudimentar daquela tubulação, sinto com a ponta da bota as juntas de dilatação do concreto pré-moldado, gosto de observar o rio que lá embaixo corre, é um leve prazer (efêmero, salgado). Sou magro e o vento me desequilibra, aprecio o risco. Imagino acidentes terríveis, cataclismos, bandidos rasgando aquela cerca e nos fazendo reféns, os tanques de milhares de litros de óleo tombando e formando um *tsunami* negro que cobriria todos aqueles prédios amarelados de brises horríveis. Posso ouvir de longe a algazarra na entrada do setor de engenharia – onde trabalho, a festa de toda manhã, os zeladores e o copo de café e o pão com margarina e os jornais de vinte e cinco centavos. Os evangélicos fazendo orações e cantando hinos da igreja. Os pedreiros, os marceneiros, os pintores, os serventes, todos ali exalando o cheiro forte de suas fardas sujas. Passo por eles sem para o lado olhar, assim também passo pelos tubos de PVC sabendo que dentro deles enormes ratazanas e sapos criados à base de mangas maduras se escondem. Nunca espero por muito trabalho. Nos dias cheios o mais que tenho é um levantamento de área para fazer, um relatório que não chegará à sala de ninguém importante, um projeto para a reforma de um telhado, o leiaute de uma sala para a secretária do gerente. Meu chefe, que passa o dia filtrando o ar através do bigode que lhe esconde o lábio superior e a ponta do nariz, me dá bom dia, sou obrigado a responder – ainda que sem nenhuma simpatia. O velho, já sexagenário, fala de vaginas sem parar. É um obstinado por sexo. Raramente muda de assunto. Nessas raras oportunidades, empolgado, me mostra – numa insuportável repetição – os desenhos arquitetônicos que fez à prancheta na década de setenta. Os materiais de trabalho, guardados ainda, embora aposentados, ele pega cada um e os mostra para mim: réguas de metal, esquadros, compassos, goniômetros, mata-gatos, paquímetros, escantilhões, transferidor, escala, lupas, lapiseiras, canetas nanquim, normógrafo, tudo da marca alemã Staedtler – costuma frisar. E suas conversas são as mesmas, contadas e recontadas para quem chega. Onze e meia da manhã, o relógio marca. Seu Raimundo, o carpinteiro, abre a marmita cheia de arroz queimado (sua peculiaridade gastronômica, é um maranhense cheio de orgulho). Seu Raimundo me informa o cardápio do dia e, em seguida, come silenciosamente. É a hora que os estagiários são liberados do serviço e podem ir para casa. Uma Kombi leva a turma até uma avenida de fácil acesso, mais adiante, onde passa ônibus. Olho-os da janela. É, para mim, a pior hora do dia. São jovens normais, brincalhões e sorridentes, estagiários como eu. Eu devia acompanhá-los. Mas não consigo entrar na Kombi. O medo por detrás da janela me fixa. Pés grudados no chão, dentes cerrados. Meia hora depois estou no refeitório. Alguns funcionários já perceberam que tenho algum problema, porque eles todos reparam no pratinho que arrumo timidamente: uma rodela de bife fino, salada e pouco arroz, todo o cuidado para não pesar muito, porque é pouco o meu dinheiro. Por isso tão magrinho, alguém certamente cogita. Passa o dia todo naquela sala suja, de reboco malfeito, sem forro, sem tinta nas paredes, com meio prato de alimento no estômago, coitado, miserável, pobrezinho. O chefe Bigode ouve desconfiado a justificativa que uso para trabalhar no turno da tarde: moro longe, é difícil ir da minha casa para a faculdade. Não, não é verdade. É mentira, e das grandes. Minha casa fica há dez minutos da faculdade. Não posso contar a ninguém que percorrer duas quadras, para mim, significa cruzar dois municípios longínquos, e com monstros no percurso. Todo mundo iria zombar de mim. Ninguém entende as doenças da cabeça. Vão rir de mim pelos corredores, olha o doido, interna o doido, irão me apontar, enquanto o medroso de merda chora escondido. O chefe Bigode, aliás, que boa vida, bigodes aparados, grisalhos, na sua mesa, cantando uma música antiga, sonhando acordado com clitóris de menina nova, feliz de tanta saúde – saúde todo mês atestada nos exames de rotina, ele faz questão de me apresentar cada um, indicam que tudo anda bem, coração saudável, colesterol, triglicérides e sangue com taxas boas, pulmão de um rapaz de vinte e poucos anos, de um rapaz da minha idade. Joga futebol aos domingos, veja só. Confortável renda, ele se gaba, aposentadorias, holerites vistosos, fala da esposa, o filho médico, é seu filho, é médico, é um semideus, são independentes, sobra dinheiro em casa, três carros na garagem. Nessas horas o meu pensamento se perde na fábrica de hidrogênio que existe ali perto. Risco elevado de explosão, o chefe Bigode disse certa vez, a expansão do ar destruiria tudo por aqui. Estou interessado. Qual o raio de destruição? Sonho com um dos sóis atômicos da Segunda Guerra. A explosão da fábrica varreria pelo menos duzentos metros de diâmetro ao redor – ele chuta. Eu estaria dentro desses limites, e ficaria impresso, eternamente, como um negativo de fotografia, no concreto, como li, certa vez, num texto que falava das vítimas japonesas dos ataques nucleares. Passo a observar com simpatia as pessoas incautas que fumam perto da fábrica. Um restinho de cigarro aceso e – bum. A usina invadida, os populares anseiam ver o que restou dos corpos, a imprensa sensacionalista presente, buscam imagens, registros chocantes distribuídos por alguns funcionários que viram tudo e sobreviveram – eu estava perto, escapei pela graça divina, diria alguém. Veja. Filmei tudo. Estava tentando salvar os feridos, alguém mente. Salvei muitos. Fiz minha parte. Pegue um vídeo. E tem este e tem mais este. É formidável. Vai parar na internet. A possibilidade de não sobrar vestígios da minha matéria me deixa eufórico, nenhum rastro de DNA, um fio de cabelo, o dente cariado que escondo do mundo. Nada. Agora faz parte do concreto, dilatando e comprimindo, na chuva e no sol, misturado ao cimento, areia e seixo, integrado na própria lápide, uma sombra atômica. O jovenzinho que ama Johann Sebastian Bach então nunca mais ouvirá suas cantatas, uma ária que seja; não sonhará com os leões como o velho Santiago; jamais verá um parélio, um eclipse, a aurora boreal, um glaciar, um gêiser, uma corredeira de lava vulcânica, as rochas deslizantes, que são seus sonhos de criança. Não chegará a ver os olhos miúdos dos chineses, não; não sentirá os odores da Xangai poluída, das feiras de peixes vivos, da tão sonhada Pequim. Morreu e levou com ele o medo que tanto lhe fez de escravo. Foi descansar. Quando era vivo e era criança ainda, se esgueirava num canto, sozinho, brincava de navegador, aportando os seus navios de papel que soçobravam sempre porque o casco se encharcava. Cresceu, virou um bicho assustado. Não há mais casco no seu navio. Hoje não é ainda a morte que chegou, é só um pesadelo. Pedrinho sofre junto, agarrado ao irmão, é o seu Jacinto, abraçando-o para acalmá-lo. Tudo está bem, tenta consolar. Foi um sonho. – Acabou – fala como um pai que tenta acalentar o filho de cinco anos que sonha com o boi da cara preta. O doido acaba cochilando sentado ao pé da cama, a bexiga inchada por causa da água que toma sem parar. Entre minuto e outro acorda ansioso, a tontura, tremores, agulhadas na pele, suor, alucinação, a inquietude. Calma, calma, os remédios estão corrigindo os seus níveis de serotonina. São os remédios, eles vão ajudar. Os remédios só o impedem de sonhar.

9.

Noite escura. Nuvens esparsas. Cai uma leve chuva. Sem trovoadas, por enquanto. Já desde as sete da noite tenho arritmias, dor nas costas, tensão na musculatura, rosto afogueado, tremores, frios e calores, asfixia, aperto no peito, exaustão, pernas desajeitadas, língua descoordenada, ânsia de vômito, tonturas, vontade de mijar, garganta seca, suadeira, formigamento nas mãos, nas pernas, nas costas, na cabeça. A sensação de sufocamento e os bocejos ocorrem por causa do excesso de ansiolíticos. Percebo que vou desmaiar e penso em sentar, mas a cadeira é velha e dela desconfio, pode quebrar-se e me empalar numa de suas pernas. Abro a porta, apesar do risco, preciso de oxigênio. O risco dentro de casa é maior, pois aqui estão os demônios, lá fora são apenas meliantes, latrocinas, psicopatas felizes e saudáveis de quem sinto muita inveja. A sensação de ouvido pulsante é terrível, e se acentua conforme cutuco-o com o bastão de algodão. Não consigo raciocinar, montar um pensamento, completar uma ideia, um plano de fuga. Estou desorientado. Penso na minha mãe. Abraço os joelhos e choro. Não consigo rezar, então choro. O choro sempre me causa uma boa distração. A azia me faz levantar, sei que não posso beber água, só piora os sintomas; precisaria, no caso, comer um naco de pão e deixar o bolo alimentar aliviar o mal-estar, mas fico apreensivo com a possiblidade de me engasgar e sufocar até a morte. O cheiro de amoníaco toma conta da casa – é mais uma ilusão que a ansiedade causa no meu sentido olfativo. A dificuldade de engolir a saliva que é pouca me desespera. Corro até a mesinha, pego os documentos e algum dinheiro, não me importa se o gás está ligado, se a lâmpada está acesa, se a torneira está aberta, se deixei o frango descongelando sobre a pia – apenas saio apressado, tranco a porta e desço as escadas, os batimentos cardíacos irregulares. Nessas horas já não me lembro dos exames que fiz, dos exames que descartaram qualquer risco de isquemia. Para mim, estou à beira de um ataque. Os pulmões vão se fechando. Eu devia ter feito novas investigações, exames mais complexos – o escore de cálcio que o médico recomendou e nunca o fiz. Posso agora estar disposto a uma doença cardíaca valvar, uma cardiomiopatia, insuficiência cardíaca, desequilíbrio dos eletrólitos. Infartar numa noite chuvosa, sim, para não ter escape, o trânsito nas ruas não permitirá a chegada da ambulância. É coisa do destino. Caminho pela rua, desorientado, sustentado por um par de pernas que se desequilibram. Uma queda fatal, bateu a cabeça na sarjeta, eis o resultado: traumatismo craniano. Morte cerebral. Podemos desligar os aparelhos? No hospital público onde certamente vou parar sequer farão a gentileza de perguntar. Nada de gerar gastos para a saúde pública. A enfermeira é profissional e, ríspida, aperta o botão, desliga o respirador. O médico, saltitante e atrapalhado, olha para o relógio caro enroscado nos pelos brancos do pulso e atesta o meu óbito – a morte cerebral, por enquanto. O meu coração em breve deve parar. Os açougueiros já estão a postos, com as caixas de isopor embaixo dos braços, prontos para arrancar o que de útil pode haver no meu interior: as córneas, o coração (mal sabem que é doente), os pulmões, o intestino, o fígado, os rins, o pâncreas, o estômago, partes de minha pele jovem, sem micoses e viço, parte dos meus ossos fortes, sem osteoporose e artrose. Eu não tenho carteira de doador de órgãos, não autorizei, jamais falei disso com alguém, mas caso Pedrinho forneça minhas vísceras, espero que o índice de rejeição nos transplantados seja de 100%. Ora, de nada me serviu a sociedade, por que então se servirá da minha matéria? Cada pedaço de mim significa muito. Além do mais, não pretendo facilitar a vida dos coveiros tornando o meu corpo mais leve. Melhor parar de pensar em órgãos, sangue, tecidos, morte e coveiros. Preciso encontrar um táxi que me deixe em algum hospital para passar a noite, já fiz isso antes. Sim, já pernoitei incontáveis vezes ao relento, cochilando nos banquinhos verdes de vários dos prontos-socorros da cidade. Não me incomodo se o meu rosto está nas câmeras de vigilância. A sensação de estar próximo a um ambulatório, um ambiente equipado com medicação, instrumentos de ressuscitação, agulhas e soro, médicos e enfermeiros, cheiro de álcool, me deixa mais calmo que clonazepam. Dessa vez não fui para longe, o dinheiro para o transporte era curto, sentei numa cadeirinha dura e cochilei, disfarçando para os vigilantes e os presentes como quem esperava por um parente moribundo internado lá dentro. Ninguém me abordou – ainda bem. Veio a claridade da manhã, despertei. Foi uma noite calma. Tomo outro táxi de volta para casa. Cinco minutos dentro do meu lar mal-assombrado. Não tomei banho, nem escovei os dentes, apenas vesti a farda, corri para o ponto onde tomava o transporte para a usina. Eu havia sobrevivido mais uma noite.

10.

Tempos atrás eu tinha uma irmã, era uma menina selvagem; eu era menino, mas não selvagem. Havia caju crescendo nos cajueiros tomados pela água da enxurrada. No mato, naquela época, o amanhã era a noção mais próxima que tínhamos do futuro. Amanhã terá mais ingás maduras, previa minha irmã, sempre esfomeada. Amanhã terá amadurecido aquele caju. E a noite passava longa. Sonhávamos com o futuro, e no futuro havia mais ingás e cajus maduros, doces, bem doces. Hoje o que me dizem é que a faculdade é parte do meu futuro. A mãe diz sempre: é o teu futuro, menino. Atravesse a catraca. É bonito o prédio onde você estuda? Me fale, filhinho. O prédio é projeto de um ex-professor. A vistosa sacada que serve o andar da coordenação foi incluída no projeto porque o arquiteto era fumante. Incrível, não? Vez e outra os alunos felizes e sonhadores saem com suas trenas, papel, esquadros e lapiseiras, medindo tudo. Uma reciclagem do prédio? Uma nova opção de fachada? Qualquer coisa. Para eles é a chance de modificar algo no mundo – no mundo utópico da prancheta, pelo menos. Olá, garoto chinês – cumprimenta-me um professor, costas de quelídeo, apertando-me dolorosamente o ombro. E aí, professor? – respondo com o linguajar delinquente para afastá-lo. Funciona.

Chega um colega de sala. O colega se põe a contar histórias recheadas de fortuna como se já não bastasse o que tenho de ouvir do chefe Bigode. De repente um breve inventário dos bens de família, uma empresa nova de automóveis, locação de imóveis. Dinheiro. Muito dinheiro. O magnata de araque me oferece um lanche, comovido talvez pela minha magreza ou pela atenção que, distraído, dispenso ao balcão da cantina, onde desfilam sanduíches e sucos em bandejas de plástico. Delicadamente recuso, orgulhoso que sou, ainda que a alma doa de remorso. O estômago dói mais que a alma, é claro. A fome, em breve, deixará de ser apenas uma sensação e se tornará um fenômeno acústico. Tudo bem, a fome é um segredo que já aprendi a controlar. Subo até o banheiro. Os pupilos de Niemayer criticam o fato de o prédio não dispor de banheiros no térreo e no primeiro pavimento. Não reclamo. Acostumei a subir as escadas. Os elevadores me atraem tanto quanto câmaras de gás. Piso no terceiro andar e me apoio no guarda-corpo; uma pausa para respirar sob a luz da claraboia. Sinta-se honrado, amigo banheiro, você é o único que me recebe em toda a cidade. Lavo as mãos, acabei por acidente pegando na maçaneta imunda. Um banheiro comum tem muitas bactérias, disse na tevê o Doutor Coliforme, e nas maçanetas está a maior parte delas. A situação dos banheiros públicos é muito pior. Lavo o rosto. Utilizo o lavabo para deficientes físicos, é mais espaçoso, reduz o risco de me roçar nas paredes, tocar na louça, e posso empurrar a porta com o pé tanto para entrar quanto para sair. Rápido me falta o ar. Apanho algumas folhas de papel higiênico e me liberto direto para a sala de aula. Aula de planejamento urbano. A sala está cheia. A professora é a personificação da besta de sete cabeças empoleirada na prancheta: é alguém que precisa fazer sexo tântrico, dividir a mesa do bar da esquina com mulheres da vida, acabar na fila do sopão filantrópico. Parece inconsciente sobre o seu papel suplementar no mundo, faz esforço para se diferenciar dos demais colegas rebuscando ao máximo o seu dicionário técnico: palavras como aduelas, pilotis, mansardas, são motivos de orgulho para ela assim como os ideogramas são para mim. Os meus colegas silenciam diante do discurso da mestra, elogiam sua eloquência, sua memória para datas históricas, a elegância com que se veste, com que gesticula, com que segura o pincel e escreve no quadro branco – é uma fada para eles. Na sala alguém levanta a mão. Quer falar. Quer se queixar, na verdade. O bairro escolhido para realizar o trabalho de urbanismo é violento. O queixoso diz que não pôde entrar naquela rua sem saída, que não pôde sacar a câmera fotográfica semiprofissional num certo momento, que o presidente da comunidade era negrão e falava gírias de malandro, que os passantes fumavam cigarros suspeitos, que havia sido ameaçado por algumas comunitárias idosas munidas de panelas e facas. O risco é normal, rebate a sábia, eu já estive na situação de vocês. O reclamante redargui, insatisfeito, sugere que a faculdade solicite, numa situação dessas, reforço policial, veja só. Inicia-se então uma discussão estúpida, e a minha atenção se perde nas pranchetas verdes, na cordinha encardida que move a régua. A China me livrará de todos esses males. Plantas baixas, maquetes trabalhosas, colegas trouxas que não sabem distinguir o chapisco do emboço, a professora vaca, os professores burros, o coordenador comilão e suarento, a zeladora insolente, todos em breve serão espectros na minha mente novíssima de chinês. Caros colegas idiotas, vaidosos, babacas, troquem História da cidade, do Benévolo, pelo Novo Testamento. Aprendam com João e os outros discípulos. Ponham simplicidade no coração. É medíocre o que pensam. O que estudam – história da arte, história da história da arte, e tudo de forma tão superficial, só para cumprir o horário e pegar um diploma no final e ganhar um anel com uma bolota azul horrível e derramar lágrimas nos olhos dos pais bobos. Onde está o tijolo e a massa? Sabem medir o nível de um terreno? Pôr o olho no teodolito? Nunca pisou num canteiro de obras, não foi? As técnicas de construção que aprendem, a propósito, são mais velhas que as do joão-de-barro. Projetos bem elaborados não saem do papel. Não adianta sonhar. Não adianta ousar. Sejam pragmáticos. Por aqui, engenheiros não incham orçamentos com melindres de arquitetos. Não farão nada além de residências para clientes emergentes, edifícios com fachadas copiadas de condomínios de Miami, da Cidade do Panamá, dos hotéis de Aruba. Arquitetura *blasé*. Estou a caminho da China, bobocas. Da China do aço escovado barato feito banana, da tecnologia, do mundo onde não se espera um mês para secar uma laje. Lá se fazem edificações colossais de vidro e alumínio na forma de pássaros, minhocas, dragões, são habitáveis, podem acreditar. Da China, entretanto, não me interessa a arquitetura das impossibilidades. Não. Não me interesso por nada disso. Busco na China o neon, o LED em toda parte, os banquetes exóticos, os sorrisos graciosos, a China da China.

11.

Digo então que fique atento. Entenda bem. Que dá vontade de contar tudo, e tudo mesmo, e a menor particularidade, os fiapos de acontecimentos do dia que ficaram grudados em mim como a estopa no sedeiro, mas gosto de cenas ligeiras e sou breve, conciso, além do mais o clima não ajuda, o termômetro de mentira marca 37 graus, o visor sujo de poeira, embaçado pela fumaça da nossa cidade saariana no meio do verde, do verde e do mar que é preto, é branco, é cristalino, é rio e nem mar chega a ser, é isto. O calor que castiga desde as seis da manhã não passa, não ameniza, já recebeu os agradecimentos do fim da tarde, os cumprimentos da madrugada que se aproxima, e segue, sem trégua, devastador, é um tormento, fico impaciente, agressivo com meus tênis velhos que pisam forte no chão, chutam com os calcanhares a mureta onde descanso as costas. É hora da meia-noite – a meia-noite que apavora. Estou ainda na faculdade, plantado, fixo como um poste de luz, do lado de fora, o medo por ali, me rodeando, com a seriedade que é própria do medo, porque o medo é bicho sério, jamais abre espaço para gracejos. Eu entendo do medo – o companheiro maldito que me segura pelos pés onde quer que eu esteja. Há duas horas fecharam-se os portões, e os olhos do vigilante (que seguro está pelo lado de dentro do prédio) me vigiam. Pedrinho me acompanha no caminho de casa todos os dias. Dessa vez, desapareceu. O terror noturno paira, devagar, oportunista. As setas da escuridão apontam para mim. As potestades. As sibilas não erram. Acuado, desejo olhos acesos como de gato – os que tenho correm cegos para os lados, buscando desesperadamente registrar cada movimento de folha, papel esvoaçante, ratos, o trincar de vidro, luz de alguma placa que pisca. Alguém do asfalto surge de repente. Minhas orelhas se abrem, e ouço: – Pra onde está indo? Dou um pequeno salto; aterrorizado, entrego de bandeja o meu endereço. Vamos, ele diz, posso te deixar lá perto, vou passar pela ponte do São Raimundo. Há certa intimidade na sua fala – bom, vamos considerar isto. Uma pessoa caridosa, gentil, difícil de encontrar hoje em dia, o anjo da guarda, talvez, a sentinela do bem. Agradeço – obrigado, e sigo o novo amigo até o carro a alguns metros estacionado. O trajeto é curto, dou apenas respostas brevíssimas: sim, não, talvez, engraçado, isso, por aqui, eu acho, dê a volta. Por precaução não pus o cinto de segurança. Desço na esquina da rua Alexandre Amorim, próximo da fábrica de cerveja. Aliviado, agradeço outra vez, obrigado, boa noite, amigo. Já estou fora do carro, exposto aos perigos da cidade, sua violência noturna, a barbárie das altas horas, as facas, foices, pedaços de madeira, armas caseiras, canivetes, revólveres, munição de todos os calibres. Acho que é bom momento para fazer uma oração. Não acredito em santos, mas preciso de um deles agora. As pontas dos dedos começam a gelar. Apresse os passos. Ande logo. Respire fundo. Faça as coisas devagar. Na terapia de grupo me aconselhavam a pensar em coisas azuis, verdes e amarelas, afirmavam que era tão calmante quanto passiflora e camomila. Calma. Acalmar-se: este é o remédio; e respirar, isso, vai, respire. Os castigos são parte de sua realidade. Este é só mais um. Os carmas são como dor de cabeça, vão e voltam, até nunca sarar de vez. Você sabe disso. Então respire devagar, conte de dez a um. Os hidrantes sob a luz do poste formam simulacros de dráculas, de bestas aladas, de terríveis criaturas dos cartuns lidos na misérrima infância. O pilar de um muro, com ferrinho da grade entortado, uma sacola plástica pendurada, são espíritos que me chamam. Súbito prometo a Kardec respeitá-lo, nunca mais zombar da sua doutrina. O barulho de uma lona velha sacudida pela expansão do ar do carro que passa veloz me faz saltar o coração. Olho ao redor. Raros transeuntes. Ninguém parece andar apressado como eu. Ouço risos. Sou eu o palhaço, na certa. Talvez riam dos movimentos que faço. Dos movimentos de alguém que anda de pernas bambas e bate os joelhos. Do cara maluco na madrugada que caminha sobre a linha torta. Não saia da rua principal. Existe uma casa lotérica na esquina da sua rua. A casa lotérica tem os números de concursos do dia colados na lona que toma toda a fachada do velho prédio. Tente lembrar. Por que o desespero? Conte os quarteirões. Controle o tempo. Encosta aí! Encosta aí! – alguém grita (tom de ameaça). É um assalto! Os criminosos: dois garotos, maltrapilhos e fedorentos, com cola de sapateiro nas mãos. Um deles aponta para mim algo pontiagudo que esconde por baixo da camisa – poderia ser o dedo, mas não tive como arriscar. Não tenho dinheiro. Não tenho nada – respondo. É a mais pura verdade. Passa o celular senão te encho de faca! – ameaça um deles. Saio em disparada. Dobro a esquina feito um raio. Na hora não lembro que possuo um coração doente. Avisto os postes iluminados mais à frente. Um conjunto de luzes, enfileiradas, bem longe, como de uma fachada de edificação na outra margem do rio. A rua se acaba. Já estou descendo uma escadaria que apareceu do nada. Os poucos degraus dão para o rio – onde me atiro. Tomo um susto, o choque da água, tão fria, fedida. Chegou a minha vez. Os tênis começam a pesar, é para o fundo do rio que estou indo, e lá vou eu, adeus, vida, adeus. A morte sempre acolhedora, fria, negra, o abraço medonho. Não bastasse ter nascido no mato, devo morrer no rio. Não, não sou digno de uma morte urbana. A cidade cujos óbitos têm relação direta com os carros que atropelam, os bueiros que explodem, os prédios que desabam, os habitantes homicidas, me despreza agora na hora final, me cuspindo no rio sujo. Morrer afogado, tudo bem, fosse na piscina do clube, mas no rio... Ser encontrado de barriga inchada boiando na corredeira é típico de quem nasce no mato, é como ser vítima de picada de cobra, de uma árvore que cai sobre a cabeça quando se trabalha na madeireira, de um raio que cai sobre a cabeça enquanto se ara o campo. Peço socorro. A voz sai rouca. Os braços já perdem as forças. A mochila infla e serve de boia. Uma luz se acende numa palafita e segundos depois se apaga. Alguém responde. É um homem, carrega sacos nas costas. Estou à beira da escadaria, percebo agora. O homem pede para que me aproxime da margem, que estou próximo, que posso alcançar a sua mão. Rápido alcanço o primeiro degrau e o homem me agarra pelos braços e me põe de pé. O lodo grudado nos meus tênis velhos me faz escorregar e desabar no piso cimentado. O esforço para não chorar me trava qualquer palavra, mas não me trava o olfato e noto que o meu salvador é um mendigo malcheiroso e bêbado. Agradeço pela desgraça. É só um mendigo. A vergonha é menor. Talvez não seja preciso agradecer – ele não irá se importar. Posso até lhe pedir um gole de cachaça, "é para aquecer meu sangue", posso justificar. Simulo um balançar de cabeça, um sinal de gratidão. Apesar do álcool o homem mantém o bom humor e responde com uma gargalhada – rir do imbecil aqui que tirita como um pinto molhado. Estou na rua de casa. Identifico a padaria, a taberna, a lanchonete da gorda-da-lanchonete, o muro pichado, o telefone público vandalizado. A rua de casa é a única que termina no rio, eu devia ter me lembrado disso. Mas que porra. Pedrinho e eu, muitas vezes, sentamo-nos nesses degraus para observar o rio no fim de tarde. Já não me lembro dos meliantes que tentaram me assaltar. Caminho devagar, me esgueirando pela calçada até me certificar de que não há ninguém na entrada do prédio que possa me flagrar encharcado atravessando o portão. O ilustre ganhador da viagem para a China procura atordoado as chaves de casa. Reza para não avistar o corvo na porta – para não ouvir o sentenciador "nunca mais". Os dentes trincados. As lágrimas escorrem pelo pescoço. O maldito nó na garganta, a sede estúpida. Subo as escadas rezando para que Pedrinho esteja em casa. Pedrinho está e me agarra à porta. Preciso de um chuveiro. Acabo de mergulhar de cabeça na água suja de dejetos e lixo. Estou mijado, provavelmente. Pedrinho, solícito, me ajuda a tirar a calça molhada que não quer se desprender das minhas pernas finas e pálidas. Preciso de sabonete antibacteriano. Boas escovadas nas unhas. Um banho de cloreto de sódio. Uma hora depois estou na sala onde Pedrinho, ainda aturdido pelo sentimento de culpa, esfria uma tigela de sopa para mim, esperando, inutilmente, por um relato fiel dos fatos ocorridos naquela noite.

12.

Madrugada. Ainda vejo nas estrelas os rastros das sibilas. Através da janela, mãos agarradas ao gradil, espiando os becos lá embaixo, as calçadas desertas, na esperança de avistar um rato, um lampejo de vagalume, um vendedor de maconha, o espectro de Jason. A rua me devolve as expectativas com silêncios absolutos. Resta-me remoer a lição: nada de mergulhos tarde da noite, não é bom para o sono. Após uma crise de pânico é comum sentir sonolência, o corpo estressado esgota-se rápido, diz a literatura médica. É uma comprovação científica – concorda o analista velhinho dos óculos redondinhos. Contudo o meu organismo se acostuma rápido com as coisas. Passadas as crises, tenho mais insônia. O jovenzinho está inquieto, sabe que até os fantasmas da quitinete já dormem. O coração bate rápido, lhe furta o ar (ele sabe que não são efeitos da imipramina). Tomar água não resolve. Deita-se sobre a cerâmica antiga, é fria e isto é bom. Faz parte dos códigos do manual de sobrevivência, coletados de tantas fontes – confiáveis ou nem tanto: quando o corpo está na horizontal o músculo cardíaco tende a desacelerar. As lembranças vagam até o mendigo salvador. Era um mendigo de mãos sujas. É preciso então examinar os braços, procurar um arranhão, um corte despercebido; na dúvida, pode ir mais longe, e tira a bermuda e examina as pernas, o peito e a barriga, observa a pinta de nascença que possui na coxa e que dela nem mais se lembrava. Bem, não há ferimentos. Não há feridas abertas (superficialmente, na pele, eu digo). O medo do risco de infecção vai se dissolvendo. Abre a gaveta, sente os dedos tremulantes abocanhados por uma ratazana imaginária de dentes enormes, mas logo se dá conta de que até os ratos também dormiram, então remexe aliviado o que tem ali dentro. Uma folha de papel-cartão branco, uma lapiseira de ponta 0.3. Cruza as pernas em posição de meia-lótus e se lembra do tempo que começou a meditar, e assim como todas as coisas que chegou a dar início jamais passou da primeira fase. Nos tempos campesinos, menino ainda, desenhava personagens da Disney, paisagens amazônicas e cenas das guerras mundiais que coletava nos livros de história. Não sabia quem era Gustavo Doré. Da Vinci, para ele, era um desconhecido. No canto do papel, de cada desenho, acrescentava uma frase, uma rima de autoria própria:

O último pincel
É o carvão que queima,
O canhão que estronda
É a paz que enfeia.

assim como as épocas, o significado das coisas inapelavelmente passa. Por isso, o jovenzinho, hoje, não se envaidece de nada; limita-se a dizer que escreveu más rimas, pois é bom ser humilde, e, como já não tem boa memória, prefere silenciar quanto ao sentido dos versos que ainda sobram na gaveta. Certo é que papéis envelhecidos muito dizem sobre as nossas idades. Abandonei as paisagens. Desposei-me com o desenho arquitetônico, um desprazer, é verdade. Desprendi-me por completo das coisas que me seduziam na vida rural. A alunissagem na cidade me trouxe interesses novos, e destes nasceram frutos que, assim como todos os frutos, nasceram verdes, e agora que os tenho em mãos não posso vê-los amadurecer. A natureza muda – entendo disso bem e muito. E nessas vagas meias-voltas lá para trás, diante do papel em branco, o sonâmbulo lembra-se das rimas. Não tem o que desenhar. Um risco no papel. Traços de cineasta – começa assim, desenhista de cenários, involuntários, coisa criativa. A lapiseira mostra riscos delicados sobre o papel, e é no papel de autômato que ele deixa a mente se esvaziar. O psicanalista velhinho teria orgulho por baixo de suas lentes redondas de me ver praticando tal atividade, afinal, para ele, tudo é terapia e toda terapia é curativa. No curso frouxo da criação revelam-se faces e membros e formas inclinadas sutilmente aos desenhos de arquitetura, com quadrados, círculos, retângulos, trapézios, paralelogramos, losangos, cubos, paralelepípedos, esferas, pirâmides, cones, cilindros, prismas. A geometria e sua fluidez que nos permite todas as coisas. O autômato segue suas recordações, do dia que terminou há pouco e de lá bem atrás, e desenha: a escadaria que o levou até o rio, a moça de jaleco hospitalar, a pílula onipresente em sua vida, a seringa cheia de hipnótico, os eletrodos, o álcool gelado na pele, o céu estrelado, os rastros das sibilas, o coração batendo, a lágrima no olho. O pouco que ainda carrega de si (e é de fato muito pouco) é despejado no papel, sem cerimônias, até com certa raiva. O que num instante atrás foi vivo perde-se todo na figura seguinte. Rabiscado com fúria porque não há borracha por perto. O louco da quitinete. A lapiseira para num susto, é uma barata que célere corre pelo rodapé e tira-lhe a atenção. Insetos perseguem-no atraídos pelos seus medos irracionais. Um blatídeo, vulnerável a um simples chinelo, veja bem, é para ele como um ser mefistofélico. Lembra-se de beber água. A geladeira aberta oferta simpática um brigadeiro duro que lá murcha há três dias. Volta ao desenho. Risca delicadamente um rosto chinês para que a China esteja para sempre nas suas lembranças. É bom ter um coração aberto à leveza das coisas simples – ele pensa. Todos, um dia na vida, desejam trocar o que tem. Ele deseja trocar as pessoas que estão ao seu redor por chineses. Mas pequenos que sejam os gestos tomam efeito de grandes sacrifícios para ele. Entender não é fácil. Recorda-se agora, na hora de assinar o papel, que, quando criança, sempre colocava a letra H no seu nome para anglicizar, dá toques de artista. Hoje, parte da vaidade juvenil superada, acha prudente acrescentar, no canto do desenho, uma nova rima, feita às pressas:

Por que se deve lembrar
Do que não se pode ter?
Um dia a mais sempre haverá
Para nada se esquecer.

13.

Como escrevo? Da maneira mais arcaica. Não há leitores para os meus textos. Fiquei para trás. Nunca soube cortar caminho. Já me disseram: – o que lhe falta é sangue-frio. Não consegue ser duro com a religião. Não solta uma blasfêmia contra Deus. É tão desajeitado com os palavrões. Descreve uma cena de sexo e sai um combinado de anidrido e jiló. Pois é. Como sobreviver então nesse universo novo em que para alcançar o sucesso a literatura tem de parear todas as coisas? Toda essa temporalidade, na verdade, me cansa. Não posso andar na minha própria marcha. Aos editores me apresento: olá, ora, aqui, vejam, sou um jovem escritor que não se sente confortável em falar de sexo, e que não perdeu ainda a religiosidade. Cristão? Minha nossa! Sério? Por enquanto, sim. Mas amanhã tudo pode mudar. Entendo a suscetibilidade dos homens em arranjar peças para devotamento, mas não sou um desses. Não alcancei ainda idade para confessar a religião em que adormecerei minha pobre alma. Estou de malas para a China. Lá terei novas opções de fé: confucionismo, budismo, taoismo. Não sou mais um da etnia han, me faltam os olhos puxados e a cara redonda, eu sei, mas o coração (figurado) é o mesmo, com aurículas e ventrículos (figurados), sujeito às mesmas emoções, afetos orientais.

Não conheço escritores chineses. Serei o primeiro. Na alma desses pequeninos trabalhadores pretendo tocar. Já imagino o governo chim e a encomenda: um bilhão de cópias do meu primeiro livro. Um livro infantil. Contará a história de um garoto que sonha mascar chicletes. Gosto de enredos simples, nada mais. O título será ainda mais comum: curto e grosso. Títulos pomposos, conteúdos vazios. É um projeto desafiador para mim: não posso enganar os chineses. Podemos enganar todo o mundo, mas não os chineses. Já adianto que se tratará de historinha pura como a cabecinha de uma criança. Muitos milhões de dinheiro cairão nos meus bolsos enfim. Mas não está no dinheiro o meu interesse. O que me fascina de fato é essa magia de dragões. Ao garoto que deseja goma de mascar lhe darei gradações de dourado a diamantino e será ele como um semideus na história. Páginas com gravuras e lanternas e chapéu colorido. Muita cor. Até comecei a escrever. Alguns relatos saíram de um ritmo e correram por outro, não acertei o ideal, e só não me desculpo por isto porque ainda não alcancei um dedo acima da sola do sapato de Walser. Devo revisar mais uma centena de vezes ainda. Aos trechos caídos, desbotados, úmidos ou secos demais, peço alguma consideração, afinal, há fatos, e todo mundo sabe disto, que nem em poeminhas sairiam bonitos. *Pobre gatinho, que fica a apreciar a lua com suas patinhas bem equilibradas sobre o batente da janela. Não merece o dono que tem.* Gatinho? Pena não poder incluir como seu amigo um tigre, já existem tigres bem famosos na literatura. Mas não ficarei de mãos atadas. Já tenho planos. Posso usar uma jerboa ou um gato-leopardo, um rato-de-bambu, uma tupaia ou um pangolim. Nada de lobo ou alce, são animais que provocariam maus diálogos. Quem sabe um urso-negro-asiático? Uma panda-gigante? A China me fascina porque disponho de centenas de milhares de qualquer coisa. São numerosos em tudo. Gosto de exageros. Dancei a vida inteira a valsa da carestia. A escassez não será um problema agora. Tenho apenas de ver as coisas com a completude como que veem os orientais. Organizar a vida de forma prática, excluir as paixões. Desde muito pequeno ando a experimentar todas as coisas. Ando a catalogar espécimes novos por todos os lugares: rostos velhos, mãos murchas e pés descalços. Batizo os alfinetes, os bastões de algodão para os ouvidos, os vestidos rodados, as botinhas de papai-noel. É como guardar quinquilharias – uma hora poderá se usar. Os momentos, portanto, se apagam tão rápido, num trago... acabou. Suspeito andar endoidecendo. A memória está pior a cada dia. Acabo assim perdendo muitas das sensações que vagueiam por perto. O fracasso me corrói o coração por não poder abraçar as coisas como na época em que eu era um garoto destemido e de boa memória. Mas as letras ainda teimam em sobrar – soltas, unidas, junto-as aos pontos, parágrafos, às vírgulas e travessões, às aspas de que tanto gosto: é o colírio de toda manhã, o ansiolítico das tardes, o hipnótico noturno. Observo o alfabeto, e estruturas de textos tão complexos que podemos montar; são tantas as possibilidades, um mistério que sonho em decifrar. Ainda estou em fase de amadurecimento. Tudo, em breve, será novo. Aqui, a propósito, segue o novo chinês. O livro sobre o menino do chiclete vai sair em breve. Aguardem. Não é coisa de fé vaga. Não sou homem de dispensar meu tempo em sonhos vãos. Um bilhão de cópias – vendidas nas feiras fumegantes de Pequim, nas iluminadas *bookstores* de Xangai, nas barcas de Hong Kong, nas praças de Macau, na Grande Muralha, no parque Beihai, nos bairros abafados de Hutong, nos campos de arroz de Yuanyang, na cidade dos pés atados.

14.

Sábado. Manhã de sol. Um mar de água doce para atravessar. A BR-319 começa em Manaus, interrompe-se no rio e as balsas continuam o trajeto imaginário até a outra margem, levando os automóveis. Sou pedestre, farei a travessia numa lancha rápida. Será a última visita à casa da mãe até a viagem para a China. Faz três anos que meus pânicos me impedem de ir lá. Estou indo agora à força – e dopado. Há muitos petroleiros pelo rio Amazonas, o mar doce de rios de águas pretas e brancas que correm lado a lado sem se misturar. Pedrinho me conta (como se eu não soubesse) que existem pelo planeta muitas confluências de rios, díspares pela cor, temperatura, acidez etc., mas não são famosas como o encontro do rio Negro e Solimões. Pessoas do mundo inteiro vêm até aqui atraídas por esse acidente geográfico. "Veja as âncoras flutuantes" (Pedrinho quer me distrair porque me vê de mãos inquietas). Olho para os meus próprios sapatos que trepidam no chão metálico do bote. O vento faz o papel de respirador artificial, e respiro. Respiro agradecido, de fato. Pedrinho enrosca o braço no meu pescoço e aperta o meu ombro endurecido. Seria conveniente rezar algumas ave-marias.

O desembarque. A BR-319 ganha asfalto outra vez. No acostamento, muitos rostos feios, de filmes de piratas, de ilhas de alguma polinésia isolada, me recebem com admiração. Olho de revés os olhares dos matutos. O município do Careiro e sua sujidade saúda seu mais dileto filho, um forte e invencível altaneiro – como o hino municipal diz – que está de viagem marcada para a China. Antes veio se despedir da sua terra bendita que mana leite e mel. Mel não é o que vejo, mas leite tem em toda parte, e têm queijos de coalho e manteiga, e outros derivados do leite, e moscas. Uma Kombi abre as portas para que entremos. Restos de sangue de boi faz o tapete vermelho. Garanto um assento meio solto na parte da janela porque todo o veículo é sucata. Observo a salmoura de peixe que respinga do assoalho e sinto uma leve náusea. Estou satisfeito. Podia estar em Mianmar, no Camboja. Não posso reclamar. Essas coisas já são exóticas para o jovem vanguardeiro que em breve ocupará luxuosos assentos de trens-bala. Percurso de filme antigo: observo os postes de madeira pendurados pelos cabos elétricos, vacas ameaçam atravessar a pista, a Índia, uma estrada de terra de Mumbai, longínquas paragens do leste do Congo, terra do fim mundo, desterro, Sibéria, coisas assim. Conto os quilômetros que, para minha sorte, vem de trás para a frente (na terapia dizem que contar até dez pela ordem inversa tem efeito ansiolítico). Enfio o meu nariz através da janela, furto o ar puro que vem da mata. Ouço a conversa de uma velhinha murcha de olhos caídos. Tento me concentrar. Estico as orelhas, me interesso por conversas alheias desde menino. Sou informado de que a velha está feliz porque ganhou mais um neto. Nasceu como eu, sem eira e na beira do rio. Mais uma criança fadada à miséria de uma vida insalubre, no mato, em pleno século XXI – que, assim como a avó, morrerá nos bancos imundos de um transporte clandestino, entre idas e vindas à capital para receber o pouco dinheiro da aposentaria e comprar um pedaço de queijo para satisfazer a alegria dos netos. Estou há tanto tempo sem visitar a mãe, penso para mim, vai ser um passeio bom. Não foi.

Não foi porque vejam que ainda é sábado. Tarde de sol. Treze horas é o que no relógio marca. Deu tudo errado. O carro calorento em alta velocidade volta para Manaus com Pedrinho e eu nos assentos traseiros. Reclamo porque o condicionador de ar não funciona. Abra a porra dessa janela, insulto o motorista que, calado e assustado, pisa no acelerador, desviando-nos milagrosamente dos buracos na estrada. Pedrinho me olha aborrecido, e me olha a todo instante porque, ainda que sinta raiva de mim, teme que eu sofra uma convulsão, um ataque cardíaco, um derrame cerebral. Sinto no pescoço um leve mal-estar porque levei uns bons safanões de Pedrinho. Não consegui controlar o medo, desculpa, e a culpa é toda dessa estrada maldita, tortuosa, esburacada, e desse maldito sol, sabe, porque é tudo tão quente? A coitada da mãe já preparava o almoço. Acordou na madrugada. Ligou o rádio de pilha para ouvir o jornal da manhã e tomou o sagrado gole de café. Limpou cedo os peixes. Torceu o pescoço de uma galinha gorda e saudável, mergulhou-a na água fervente, depenou-a, temperou-a com coentro, pimenta-do-reino e cebolinha, descascou a macaxeira, o cará, colheu couve e tomate do seu pequeno pomar. Arrumara a casa, lustrara as tábuas velhas, trocara as cortinas de renda que ela mesma havia cosido. Fizera uma capa de tecido colorido para o sofá. Arrumou os quadros na estante com as nossas fotografias. Aliviou as paredes de tantas sacolas penduradas porque sabia que eu ia debochar daquilo. Carpiu o terreiro e alimentou os picotes e os patos. Ainda me abraçou, longamente. Beijou minhas mãos delicadas, chinesas. Mal teve tempo de servir a mesa. Endoideci querendo ir embora. Era tanto o calor que saí correndo. Só me lembro de ter arrancado da geladeira uma garrafa de água. Desci o barranco e saltei para dentro da canoa.

Sequer lhe pedi a benção. Pedrinho em vão ainda me sacudiu querendo quem sabe me colocar de volta nos eixos. Mas os órgãos dentro de mim há muito tempo não andam fixos. De nada adianta. Nem as sacudidas, nem a superdose de clonazepam. Ele é um caso perdido para a psiquiatria, para a indústria de antidepressivos, de hipnóticos, dos ansiolíticos. Não há mais solução; camisa de força, choques no cérebro, lobotomia, uma boa surra, nada. O motor é lento, poucos cavalos para impulsionar a pequena canoa que leva até a estrada de terra o doente mental que bebe água sem parar. Precisamos de um carro. É emergência. Assim é mais caro. Não importa. Onde está o carro? O doido amaldiçoa em pensamento o lugar onde nasceu. Lá onde viveu toda a miséria de sua infância, onde sofreu as humilhações mais relevantes da sua vida, porque se recusava a falar, não ia para o futebol com os colegas, não ia às festinhas da época, a igreja o abandonou porque era muito pobre para comprar as roupas da primeira comunhão, ia envergonhar a paróquia, a catequista de braço cotó o fez abandonar a igreja, o desgraçado sofreu com aquilo, se sentiu miserável, caramba, o infeliz remava três quilômetros numa canoa minúscula aos domingos forçado pela mãe porque era preciso ser católico. O que sobrou do infeliz? Despreza as ingazeiras, agora, as goiabeiras, o pé de cacau, as murtas, o pé de bacuri que tanto satisfizeram o seu estômago de criança faminta. Não se lembra mais dos teiús, dos ávidos calangos, que eram seus monstros jurássicos. Amaldiçoa o lugar que ainda é o regalo de sua mãe. Os olhos dela encharcados, a propósito, estão ainda grudados na sua retina. Ele engole o choro porque no mato não se pode chorar na frente dos outros. Mas o seu coração acelerado quer irromper num choro perpétuo. Pedrinho leva seu fardo em silêncio, a ponto de explodir. Não deve demorar muito, entretanto, e ele explodirá: passam-se os anos, as doenças do irmão se multiplicam, se regeneram cada vez mais fortes, são planárias malditas que pisoteadas, esmigalhadas, formam-se em milhares de outras. Como deve andar cansado o pobre Pedrinho, cansado da luz ligada de madrugada, das manias que surgem a cada semana, das minhas sucessivas idas à geladeira, da minha mão agarrada ao seu braço e sei lá onde mais. Pedrinho, portanto, é o meu equilíbrio, um hiato nesse emaranhado claustrofóbico que é meu coração. Contranitência de almas. Aprendemos um com o outro a silenciar na hora certa, a aplicar o movimento preciso, para nunca falhar, mas os acontecimentos uma hora tomarão outra forma e é indispensável controlar essas coisas quando duas granadas vivem a escorregar na lama da mesma trincheira, a ponto de chocarem-se a cada chuva que cai.

15.

Caminho pela casa, (disfarçado) de vagalume, coruja, morcego. Da sala ao banheiro, ligo as dimensões marcadas pela cerâmica velha, amealhando o vazio, penso em coisas. De onde vem essa natureza lupina, esse espírito pecuniário? Penso nas medidas do mundo, na metade do mundo que ainda me separa da China. Por que tanto medo? Pedrinho dorme. Se eu não tivesse um corpo desregulado estaria por certo dormindo também. Arrancaria da memória a exaustão da viagem. Sinto algumas extrassístoles, seguidas de outras e outras. Não preciso pagar pedágio para a janela, me debruço sobre ela e choro. Penso na doce possibilidade de não ter nascido. Para que, afinal, depositar-se numa terra que no futuro não lhe agradará nada? Você é um sortudo, milhões de irmãos espermatozoides deixados para trás na extraordinária corrida pela fecundação de um ovócito e você saiu vencedor. Santas mitocôndrias, cauda ligeira, e essa sua cabeça de ferro, afilada, gananciosa, indo romper o sagrado óvulo da mãe. Daquele zigoto frágil saiu esse notável exemplar da espécie humana, com cabeça, tronco e membros, e um cérebro louco – os neurotransmissores todos embaralhados. Por que não temos o direito de escolher onde nascer? Ora, eu diria: a geografia onde habita o meu progenitor não me satisfaz já aqui na barriga da mãe. O calor equatoriano, pressinto que me fará mal. Prefiro os polos. Qualquer lugar acima do trópico de Câncer. Não me agrada esse exagero de sol. Além do mais, não nascer hoje me fará pertencer às coisas velhas do mundo: sua arquitetura, histórias de cavalaria, pirataria nos sete mares, desbravar territórios, universos de sultões, grandes navegações, cosmologia. Onde estão as minhas possibilidades de ter um cravo, um clarinete, uma harpa de Davi, ser um músico? Um cavalo, um bosque, um mosquete, ser um caçador? Uma berlinda, uma guilhotina, um esmaga-cabeças, ser um carrasco medieval? Não posso saltar pela história do mundo e suas coisas feias e belas? Agarrar-me ao desejo de não pertencer à realidade insípida da contemporaneidade? Ser um homem criativo de antigamente? Nasci na última passagem do cometa Halley. Veja, que sorte. Sob os rastros do cometa aqui estou, carregado de inutilidade e de mazelas físicas. Um exemplar de homem evoluído que o próprio cérebro prostitui, que corre de uma droga a outra sem controle; o álcool, a cafeína, a morfina, a aspirina, a codeína, hipnóticos, consumidos *in natura*, enrolados na cigarrilha, embalados em cartelas bonitas, encapsulados industrialmente, da forma que vier. O que lhe resta, verme inútil? Tem um rio no fim da sua rua, jogue-se nele. Por que teima em segurar esse fiapo de vida? Não há ricina, não há saxitoxina, mas há benzodiazepinas sobrando em cima da geladeira. Misture-as. Uma dosagem fatal. Não há outra saída. Os médicos tentaram curá-lo – sem êxito. Os psicólogos foram inúteis. As orações de sua mãe falharam. Seu irmão mais não pode fazer. Não há outra saída. O pastor evangélico não tem a sua cura, nem o padre, nem o monge, nem o pai de santo, nem os espíritos reencarnados. Encerre isto de uma vez. Não perca tempo. Já é madrugada. Nas madrugadas chegamos ao abismo, e no abismo caímos – assim é a ordem. Os relógios não pararão de funcionar. Obedeça à ordem. Você acha que o sono virá? Acha mesmo que amanhã haverá ingás e cajus maduros e doces? Pensa mesmo que haverá outra vez aquele amanhã da sua infância? Amanhã o seu chefe do bigode sujo de café o espera para desejar o bom-dia de todo dia que os seus tímpanos já não suportam ouvir. Acha que a fábrica de hidrogênio vai explodir? Ninguém vai sujar a mão com a merda da sua vida. Ande logo. O que espera aí, chorando? Coloque água no copo pela última vez. Faça algo definitivo, e faça logo. Escreva um bilhete breve para Pedrinho. Você fecha os olhos, Pedrinho não mais existe. Dê um beijo de despedida na sua testa, ele não acorda, dorme como um faraó. Por que manter um delírio que só existe na sua cabeça doida? Não vai doer. Afaste-se das coisas que nunca farão parte da sua vida. A hesitação é mais uma de suas vaidades. Vá. Enfrente o processo. O arrepio dos pelos no corpo, o último esticar de perna, a leve sensação de entalo na garganta – é só a morte. A morte de verdade. *Mors. Obitu. Undiscovered country*. As mortes que não têm traumas, lutos, hábitos funerários, Tânatos, manta negra e foice. Os falecimentos misteriosos. O morrer de vez em quando. O seu nascimento foi doloroso. Sua mãe viu a morte na manhã daquela quarta-feira. O cometa Halley cruzava o céu; ela nem sabia o que era um cometa. Entre os gemidos do parto ela rezava para os santinhos, e por isso você sobreviveu. Sobreviveu para sofrer até o fim dos seus dias. Sim. Sobreviveu para morrer jovem porque a vida não se habitua em seu corpo doente. Mas a hora chegou. Faça acontecer o evento a que todos aguardam: a sua morte repentina. Não haverá carolas vestidas de preto. Não haverá rosários coloridos nas mãos de ninguém. Está morto, o que mais importa? Tufos de algodão nas narinas. As pálpebras inertes. Pronto. *Laborum meta*. Saiba que você não foi em vida um filho dileto. Você é um covarde? A relutância é pior. Não insista em continuar. Se entregue. Indo embora, fará um bem a todos. Muito, muito longe dali, Pedrinho descansará da sua presença. Dormirá em paz sabendo onde você está. Sua mãe muito deverá sofrer, mas ela tem fé, encontrará conforto nas orações. Existe a casa no meio do mato que ela adora, ela tem para onde voltar no fim do dia. Até o gato que ela cria foi mais presente que você quando vivo. Tudo ficará mais leve sem a sua presença. A geladeira e o banheiro, ainda que inânimes, suspirarão de alívio. A cerâmica velha da quitinete não ouvirá seus xingamentos. O sol continuará brilhando, sem que você esteja sempre a desejar nuvens negras tapando a sua luz. As pessoas circularão livres por aí, longe dos seus olhos capciosos que observam os pelos que escapam dos seus narizes, os erros gramaticais proferidos por bocas cheias de dentes tortos e língua mal escovada. Ele não está mais entre nós. Funeral pouco visitado. Não há razão para se preocupar. Será pequeníssima a despesa para o seu irmão e sua pobre mãe. Café e bolachas, nada mais. Pouquíssima gente para avisar. Você não tem amigos. Os parentes comentavam sobre a sua loucura, eles não devem comparecer. Que pena, um jovem que prometia tanto. A vida não passou de um ensaio. A morte é só mais um mistério grande. Haverá praias no paraíso, e barulho de mar?

16.

Tenho um colega que faz cinema. Trabalhou em dois curtas-metragens. Agora se dedica no que será seu primeiro trabalho como diretor. Começou bem – parece empolgado. O governo lhe cedeu um orçamento mísero para a produção de um documentário de dez minutos. Ele festejou. Terminou as gravações antes do prazo. Promete ser um sucesso. Vi, achei ruim e fiz críticas positivas, é claro, para o meu favor. Por quê? Porque o filme foi selecionado – dentre o que há de pior produzido em nossa cidade – para concorrer num festival em Brasília. Devo aproveitar a oportunidade. Tenho agora uma companhia. Já ando atrasado com o negócio do visto que tenho de pegar na embaixada chinesa. O colega que faz cinema ficou puto da vida, pois havia acertado a estreia para a abertura do anglicizado festival de cinema de Manaus. Queria se exibir, na verdade, para a família e os amigos. As pessoas quando o pouco lhe é dado adoram fazer festa, celebrar. A produtora decidiu distribuir o quanto antes, e, como quem manda na arte é o dinheiro, ele cedeu. Bom para mim. Organizar os planos. Arrecadar dinheiro. Nada de rifas, bingos, apelos na tevê. O passaporte já está em mãos. Eu tenho passagens para a China, escola, comida apimentada e hospedagem lá. Mas preciso ir a Brasília por conta própria. As coisas não são assim tão fáceis. Ligar para a mãe. Oi, mãe, como vai? A velha história da China. Ela repetiria a fala: Meu Deus! China? Meu neném vai pra China? Sim, mãezinha. Preciso de sua ajuda. Dinheiro, sabe? Os meridianos que preciso cruzar, lembra? É longe, muito longe. Do outro lado do mundo, como dizem. Claro, filhinho, ela diria, tenho pouquinho, mas posso ajudar. Minha mãe é uma santa, sempre humilde, caridosa. Combinado. Venda as vacas, as galinhas e os patos. A senhora pode recuperar essas coisas. Um filho na China. Incrível, não? Silêncio do outro lado da linha. Tudo bem. Para a senhora isso não significa muito, não é? Mas lhe garanto que é um grande feito.

17.

Na agência bancária passa pelo monitor de LED textos com erros ortográficos e os números das senhas de atendimento. "O sistema está lento, desejam esperar?", a estagiária tenta nos expulsar da porta. Sim, responde, cortês, meu irmão. Quanto mais lento melhor, eu completo, podemos assim ter a sorte de um assalto dentro da sua agência. O silêncio ali dentro. Eu e Pedrinho, sentados lado a lado. Ele observa as minhas pernas inquietas. Eu não tiro os olhos das dezenas de luminárias no forro de gesso. Pedrinho saiu do emprego. Os papéis dentro da pasta azul, organizados, fáceis de folhear, nada de se embaraçar quando chegar a sua vez. A demissão veio na hora certa. A esmolinha que o governo lhe deve vai ajudar nas despesas com a minha viagem para Brasília – um relevante complemento ao que mamãe pôde juntar com a venda dos animais. A presença do atendente já idoso parece incomodar os que ali esperam impacientes a vez de suas senhas surgirem no painel. As pessoas associam velhice a lentidão. Não se trata velho com polidez, ainda mais quando se está na fila da lotérica, na fila do mercado, na fila do caixa eletrônico. Ele, o atendente velho, por sua vez, efusivo, cruza as mãos por trás da cabeça, passa os dedos pelos cabelos brancos, pelo nariz vermelho que não para de crescer, diz, repete, relembra que o sistema está lento. É uma droga esse sistema. O sistema, sabe, tão lento. Todo mundo revira os olhos. Um jovem carregando dois capacetes de motociclista senta ao meu lado. Magro como eu, veste roupas típicas de quem deixou há pouco tempo o mato. Por isso, talvez, me chamou a atenção. Fala com a mãe. Ela ainda vive no mato. Revela a todos o valor que recebe de salário, que pagou a conta de luz do pai, que o banheiro está prestes a receber cerâmicas, que é para a mãe vir a Manaus e passar alguns dias, está com saudades, está cansado de comer ovos fritos, que o primo lhe deve dinheiro e não paga, que as coisas não estão fáceis. Um grito de repente. Uma pancada na parede de vidro do banco. O rapaz desliga o celular, assustado. Uma velhinha de cadeira de rodas empunha uma bengala do lado de fora. Esbraveja porque o homem da segurança não encontra a chave que abre a porta de apoio. Querem que ela passe pela porta giratória? Seria engraçado, e algumas pessoas riem só de pensar. A velha de voz esganiçada pragueja dezenas de palavrões contra o homem da segurança e contra o homem que empurra a sua cadeira de rodas. O gerente sumiu. A confusão se instaura, de repente. Foi lá fora comer um sanduba, diz o atendente idoso, efusivo, um brincalhão. A velha desiste e exige que o homem que empurra sua cadeira de rodas a arraste dali para longe. Me tira desse inferno, ela grita. Assim, abruptamente, acaba o momento de distração. Os risinhos se dispersam, devagar. Pessoas continuam a adentrar o local pela porta giratória. Pergunto para Pedrinho sobre a segurança daquele tipo de porta. Bom, elas pegam até próteses dentárias, ele brinca. Finjo algum alívio. Volto a olhar para o rapaz matuto ao meu lado. Eu poderia lhe falar sobre a China. Depositar um punhado de esperança no seu coração. Dizer que eu era como ele, mas que, por um lampejo de sorte, em poucos dias estaria na China, sentado num banco mais confortável que aquele. Distraído ele desliza os dedos pela tela grande do celular. Equilibra os capacetes nos joelhos. Deve esperar por alguém. As lâmpadas fluorescentes no teto de gesso guiam aquele mundaréu de gente desonesta, louca, suicida, deprimida, assassina, pais, mães, filhos, bebê que chora no assento da frente, meninas assanhadas friccionando seus sexos no poliéster da cadeira, e tantas doenças para se contrair, espirros, tosses, narizes escorrendo vírus terríveis, bactérias mortais, aqui nesse espaço, paredes de vidro e teto de gesso e piso de porcelana. Trimmm – a senha de Pedrinho surge no painel seguida pelo alarme estridente. Caminhamos pelo piso limpo até o atendente idoso e expansivo que, imediatamente, puxa papo, diz que a carteira de motorista de Pedrinho é legal, é bacana, que anda procurando algum meio alternativo para obter uma para ele. Conhece alguém? Pedrinho, honesto, diz que conseguiu a sua pelos meios legais e corta o assunto, irritado. Lá fora o sol escaldante expulsa as nuvens que ameaçam uma tempestade de raios. Deve chover, mas o calor vai continuar. *Santo sol que agrada e desagrada, queima e bronzeia, leve-nos para casa*, uma pequena prece conforme caminhamos pela calçada em busca de uma sombra para nos proteger enquanto o ônibus não vem.

18.

No aeroporto o colega que faz cinema compra batatinhas com preço inflacionado na loja de conveniência. Copia os gestos dos outros passageiros. É a primeira vez que viajamos de avião. Os saguões de embarque e desembarque são passarelas de moda. Desfilam por ali casacos, jaquetas de couro de gado, pelos de lanígeros, cachecóis e toucas. Passageiros parecem aguardar, cautelosos, pelo alerta: olá, senhoras e senhores, haverá queda de neve de Santarém a Porto Alegre neste domingo bonito e tropical. Outros pensam talvez no interior dos aviões o frio de uma câmara frigorífica. Não me incomoda andar no meio deles com minhas roupas populares como marcas de sabão em pó. Penso até que seja uma válida forma de protesto em meio a tantos narizes empinados. A massa da batatinha deve ter grudado na minha garganta. O incômodo me faz tossir baixinho porque a acústica no prédio não é boa. A fila para despachar bagagem é o pelotão de fuzilamento; os atendentes sorridentes, frios, seguros sobre o invejável solo, não se importam de passar a vida etiquetando malas que podem ser extraviadas, que talvez cheguem a um destino qualquer carbonizadas. Carrego apenas uma mochila. O colega que faz cinema, pelo volume das bolsas que arrasta, pagará pelo excesso, certamente. A partir da ponte telescópica o trajeto é aterrorizante. É hora de se despedir da vida. Devo apertar o cinto, mas antes desejo apertar a mão da aeromoça e pedir a ela, discretamente, que me informe quais os tipos de calmantes a bordo. Se tem água gelada. Se ela sabe fazer massagem cardíaca. Fique calmo, aproveite a viagem. Ótimo. Estou bem satisfeito. Se Pedrinho estivesse ali, do meu lado, fecharia a janelinha, porque sabe que tenho medo de qualquer coisa. O colega que faz cinema, por sua vez, reclama do tamanho da janela, diz que é pequena demais e devia ser grandona como nos ônibus, e todo aquele exagero de vidro. Pessoas pobres têm anseios absurdos às vezes. O comandante sentencia: iremos decolar. Portas em automático. Apertem os cintos. O tranquilizante sublingual, onde está? Grande parte dos acidentes aéreos ocorre durante a decolagem. Para piorar, moro na América Latina, onde a corruptibilidade está presente em toda parte – a manutenção dos aparelhos é feita dentro dos limites críticos, e economizam até no combustível. O colega que faz cinema, incauto, reservou assentos dianteiros, próximos da asa esquerda. Não se incomoda quando lhe informo – agora, tardiamente – que é mais seguro voar na cauda. Ponho um travesseiro atrás do pescoço e fecho os olhos para não ter de recusar as balas que a aeromoça oferece. O colega que faz cinema percebe a aflição na minha cara suada e põe o braço no encosto da minha poltrona como se se oferecesse de apoio. Finjo que não vejo. Sinto o estômago embrulhado. Vem o medo de vomitar. Há um saquinho para o líquido, mas o vômito me causa taquicardia. O pânico se instaura; estou fora de alcance de um hospital de emergência, da casa de um parente, de um desfibrilador. Estou longe do solo – a não sei quantos mil pés. Os pés – os meus, começam a formigar, é o sinal de que devo pingar generosas gotas de Rivotril na boca. O comissário me indica o banheiro. Ponho o pé dentro da cápsula com vaso sanitário e lavatório e retrocedo. Não consigo fechar a porta. Me drogo de porta aberta. Não se incomoda? O comissário me olha como que receoso de uma overdose no meio do seu voo. Faço cara de drogado, rebelde, e guardo o frasco no bolso. Volto à poltrona e acabo dormindo. Não vejo a aterrissagem. Graças a Deus. É outro momento crítico para quem voa. Pedrinho afivelaria meu cinto, sempre atento para segurar meu braço, minha cabeça, no caso de uma derrapagem na pista, uma arremetida de emergência. Mas ele não está ali. Pouso seguro, portanto, ainda que o cinto esteja solto na minha cintura. Ando pela sala de desembarque, sonâmbulo. E o milagre é concretizado: estou numa cidade desconhecida a quilômetros de casa. Agora só me resta cuidar para não ser atropelado no ponto de ônibus, sequestrado na saída do aeroporto, perder o colega que faz cinema de vista, os documentos, os sapatos. Precavido, fiz um cartão informando alguns dados pessoais e que meu tipo sanguíneo é B positivo. Natural. Muito normal. Quem não pensa nisso? Todo cuidado é pouco quando não se está em casa. Onde viemos parar? Sei lá. Não estamos em Brasília. Bom, o avião sofreu uma pequena mudança de rota. Pode ser. Tempestade? Pane mecânica? Urubu na turbina? Sempre acontece. Estamos no Mato Grosso, alguém diz, o nome da cidade não fixa na minha cabeça. Um funcionário molenga da companhia aérea nos acompanha até uma sala fria no aeroporto. Joga no meu colo um pacote de biscoito com duas unidades e pergunta se quero Coca-Cola ou água. O colega que faz cinema às vezes desaparece. Deve andar resolvendo o problema do desvio da rota do avião. Deixo a cadeira de plástico e abro a portinhola de vidro decorada com fitas vermelhas. Passeio pelo saguão. Não há muita gente por ali. Encontro um bar. Alguém me oferece uma dose de Hennessy. Tem vodca Ciroc? Uma dose de tequila, por favor. Dou um gole num gim... Outro gole num rum... Estou embriagado. E intoxicado, provavelmente. Remédios e álcool – a combinação que levou tantos artistas famosos à morte; mas eu, não podia ter mais azar, morrer de overdose num aeroporto do Mato Grosso. A notícia do meu acidente sairia nos jornais locais, e só. Deitado na maca, a luz vermelha girando na minha testa. Os socorristas de Mato Grosso são rápidos no caminhar. Estou voando, de repente. Sentado na mesma poltrona do avião que partira de Manaus. E vejo moças usando o mesmo uniforme das que estavam no avião que partira de Manaus. Não vejo a aterrissagem. Graças a Deus. É outro momento crítico para quem voa. Pouso seguro. O cinto está solto na minha cintura. Muito sonolento, a visão turva, tropeço na echarpe de uma senhora e desabo no corredor. Há uma comoção por parte dos passageiros. Ele tomou remédio – me denuncia o colega que faz cinema. Idiota. Algumas pessoas me tiram do chão, perguntam se estou bem, um desconhecido segura minha mochila, uma dupla de comissários me arrasta pela sala de desembarque até o táxi. Perguntam se tenho o endereço do hotel. Perguntam se desejo fazer uma ligação para algum parente. Estão ali para ajudar no que for preciso. O colega que faz cinema chega apressado, diz que está comigo e que os rapazes não precisam se incomodar, faz questão de salientar que eu me droguei durante o voo. O comissário que testemunhou a ingestão excessiva de remédio que fiz à porta da toalete solta um risinho. Passo a simpatizar com o povo que viaja de avião. Não me lembro do gosto do álcool. Era só um sonho. A cabeça gira por causa da medicação.

O festival de cinema está marcado para a noite. O amigo que faz cinema sugere um passeio pela cidade. As notícias diárias da política nacional que passa na televisão tiraram todo o charme de Brasília. Nada para visitar. Os prédios de Niemeyer continuam bonitos, mas existe uma certa decepção na cara dos turistas, acho que se dá pelo fato de que, na tela de LED do *Jornal Nacional* tudo parece branquinho, limpinho, e, na realidade, é tudo meio empoeirado, manchado, manutenção falha: jaqueiras pra todo lado, observo, tapo o nariz, pitombas, mangas podres caindo em nossa cabeça, goiabinhas verdes. O colega que faz cinema acha mais uma forma de se exibir: faz fotografias de cada prédio, de cada lâmina de água suja. Saímos em busca de ternos baratos para comprar. Nada fácil. Nas lojas os vendedores pensam que todo mundo que procura por ternos é político. Preços exorbitantes. Até as lojas de departamento ganham tabelas de butiques. O colega que faz cinema decide levar o primeiro que experimentou. Ficou bom. Toda a costura, cara ou barata, lhe cai bem, porque ele tem o peso correto para a sua idade. Puxa, orgulhoso, o magro cheque que o governo cedeu no pacote de custeio da viagem. Eu, como era de se esperar, não caibo em nenhum modelo. Magro demais. Evite vincos e cortes folgados. Tecidos duros não vestem bem. A cor? São tantas opções: uma dezena de tons de cinza, duas dezenas de tons de azul. O vendedor, a essa altura, já deve ter perdido uma dúzia de clientes por minha causa, e me desejado todas as pragas do mundo, atira para dentro do meu provador a décima peça. É a última, faz questão de salientar, mentindo, é claro. O colega que faz cinema decide por mim: verifica a etiqueta com o valor mais baixo, está bom, ficou ótimo, diz, ocultando, certamente, a verdade. Saio insatisfeito: o terno é preto.

O festival de cinema. Bela cerimônia. Organizada e decente. Bem diferente da que participei como premiado do intercâmbio para a China. Atores de novelas sorriem dentes tão brancos que desejo garimpá-los e tomá-los para mim. Com meu terno preto me vejo passeando pelo salão, caminhando devagar, mimetizando os presentes, um palito de fósforo carbonizado. O colega que faz cinema tem assentos reservados: um para ele, outro para mim. A cerimônia começa. Muita luz no telão enorme. O apresentador se derrete em elogios para os governantes e os patrocinadores do evento. É assim, e é normal. Tudo muito bem cronometrado. Textos despejados com fluência. Vídeos iniciados e pausados na hora certa. Uma ou outra falha de som (não somos Hollywood, brinca o apresentador). Começa a premiação. O desfile de mulheres bem-vestidas, de homens usando ternos que valem vinte vezes o valor da minha ida e volta a China. O filme do colega que faz cinema é exibido, e não arranca aplausos frenéticos da plateia nem lágrimas de ninguém. Um fracasso. Um fracasso de crítica, na verdade. Chegou em Brasília – para ele já é uma vitória. O colega que faz cinema assiste ao espetáculo mais triste: os colegas sobem ao palco para receber todos os prêmios da noite. Pobrezinho, deseja pelo menos uma menção honrosa, um troféu dourado e bonito, guardá-lo embaixo da roupa como se fosse uma valiosa miniatura do sarcófago de Tutancâmon. Voltará para o hotel de mãos vazias. Jogo de cartas marcadas, ele comenta. Sim, quanta deslealdade, falo sem qualquer verdade. Mas o seu sonho está bem encaminhado. Nada de perder a noite. Temos um banquete ao alcance das mãos: docinhos e salgadinhos das mais variadas formas, bebidas coloridas, comida quente e fria, saladas azedas e salobras. Durante o coquetel o colega que faz cinema conversa com os presentes, tenta efetivar relações, é ainda mais difícil para ele porque é nortista, e ele responde com paciência às curiosidades das pessoas do Sul: lá em Manaus tem cinema? achei que só tinha mato por lá! servem torresmos de jacaré no lugar da pipoca? que sucesso!

A embaixada chinesa fica a poucos passos do hotel e tudo lá se resolve com a santa eficiência oriental. Risos por toda parte, dentes amarelos e cheiro de cigarro. Traduzo para o colega que faz cinema os ideogramas na fachada do prédio, nas paredes internas, nos panfletos organizados sobre as mesinhas. Posso testar o mandarim. Fico à vontade. Cumprimentos à secretária e a quem encontro pelo caminho. Impressiono a todos. Já viveu lá? Não, respondo. Nunca fui à China. Você fala bem, melhor que eu, brinca um china, gaiato. Obrigado, agradeço. Amo a China. Quero celebrar. Posso cuspir no corredor? Tudo por ali se resolve rápido. A economia de abrir gavetas, folhear papéis, assinar papéis, é impressionante. Como podem ser assim? E o visto sai fácil – um visto permanente, nacionalidade perpétua, quem sabe. Já teria amigos chineses, todos da embaixada. Saio feliz, distante, com o coração inebriado de Chinas.

19.

Mais uma vez, a luz do dia dá lugar ao brilho fosco da lâmpada pendurada no teto, e as caixas espalham-se pelo chão da sala, cheias de lixo, a bem dizer, cheias de coisas que desapego pela necessidade de partir sem poder carregar nada. Duas malas no canto da porta. O par de tênis para calçar. Percebo que um vazio alegre toma conta de cada espaço, sempre fui daquele lugar a peça sobressalente. Lá fora faz um dia raro: céu nublado, tem vento. Nenhum parente para trocar abraços de despedida. Não tenho vizinhos para acenar. O táxi já me espera. Puxo as mangas da minha camisa do Vasco da Gama. Deixo para trás uma Manaus vaporosa, com seus vargedos e carapanãs, seus raios e dilúvios, rios vasculares que se encontram. Deixo tristeza e preocupação no coração da mãe, mas ela entende que isso é bom, ela tem esperanças e fé em Deus e nas santinhas. A gente, entretanto, vive mesmo é de abandonar. O táxi corta ruas cheias de pessoas que abandonam de tudo: cachorros, panelas, palitos de picolé, cigarros, portas sem maçanetas, computadores, anéis de noivado, pentes, dentaduras, armas, balas de festim, toalhas de mesa, livros, cremes de barbear, luminárias, flores, sandálias, cadeiras de roda, unhas roídas, impressões digitais, remédios, crianças. Na escola primária, quando eu vivia no mato, o professor disse que os camaleões são abandonados pelos pais assim que fazem as primeiras trincas nos ovos, que as tartarugas marinhas também são muito sofridas, abandonadas nos buracos nas praias pelas próprias mães; que os hipopótamos, esses são dos piores, não ficam fora d'água para fazer o parto, e tudo acontece ali mesmo no fundo do rio, e os filhotes que subam até a superfície para respirar. O abandono faz parte do nosso reino. Eu que sempre tive medo de renunciar às coisas, de me desfazer do que poderia ser útil, de abandonar, de deixar para trás o que poderia ser tão simples de carregar comigo, agora ouço de longe os gritos de minha mãe, o choro do Pedrinho. O professor de biologia, na época, também disse que as mamães orangotango cuidam dos filhotes até os nove anos de idade, que as mamães bonobo andam com os filhotes 90% do tempo. Nós, humanos, somos vertebrados feitos de pedra – a vergonha do reino. Tropeço pelo caminho – mas não caio. Já acostumei aos obstáculos. Talvez seja este o caminho certo. Talvez o caminho nem se complete. Pelo rastro da esperança pretendo seguir. É o que basta. O coração acelerado me faz caminhar pelo saguão, bilhetes à mão para percorrer meia-volta na Terra. Boa viagem, senhor. Agradeço com um aceno de cabeça, sonolento e distante. Cabisbaixo, tomo o prêmio na mão. Finalmente, a China será minha. Até lá tenho a metade do planeta para cruzar, quem sabe enfrentar cataclismos, pressões atmosféricas mortais, tufões poderosos, falhas de turbinas, falhas de pilotos. Anestesiado, na sala de embarque, o medo me impelindo para a porta de saída, a incerteza de embarcar. Entretanto a agulha da bússola já me aponta para lá, onde fogos de artifício estouram no céu e o cheiro da pólvora exala aos bilhões de narizes amarelos, da China que já me aguarda, com reverências e olhos abertos, sorrisos lépidos e movimento, como se eu fosse um ano-novo.

Revisão de textos: Carmen T. S. Costa
Capa: A2
Projeto gráfico: A2
Paginação: A2
Foto da capa: Camila Morita

Nesta edição respeitou-se o novo Acordo Ortográfico da Língua Portuguesa.

Dados Internacionais de Catalogação na Publicação (CIP)
(Câmara Brasileira do Livro, SP, Brasil)

Lima, Fabiano
China de papel / Fabiano Lima. – 1. ed. –
São Paulo : Editora Humana Letra, 2018.

ISBN 978-85-53065-02-8

1. Ficção brasileira I. Título.

18-18497 CDD-869.3

Índices para catálogo sistemático:
1. Ficção : Literatura brasileira 869.3
Maria Paula C. Riyuzo - Bibliotecária - CRB-8/7639

2018

RUA INGAÍ, 156, SALA 2011
CEP 03132-080 – VILA PRUDENTE –SP
TELEFONE 29240825
EDITORAHUMANALETRA@UOL.COM.BR

Fonte: Berkeley
Papel: Avena 90g
Gráfica: BARTIRA